Cenk Özcan

# Zwiespalt

Cenk Özcan

# Zwiespalt

## Eine Sammlung unbedeutender Texte

Goldene Rakete Verlag für Belletristik

**Imprint**
Any brand names and product names mentioned in this book are subject to trademark, brand or patent protection and are trademarks or registered trademarks of their respective holders. The use of brand names, product names, common names, trade names, product descriptions etc. even without a particular marking in this work is in no way to be construed to mean that such names may be regarded as unrestricted in respect of trademark and brand protection legislation and could thus be used by anyone.

Cover image: www.ingimage.com

Publisher:
Goldene Rakete Verlag für Belletristik
is a trademark of
International Book Market Service Ltd., member of OmniScriptum Publishing Group
17 Meldrum Street, Beau Bassin 71504, Mauritius

Printed at: see last page
**ISBN: 978-620-2-44479-8**

# Aberglaube

Ich liebe eine Frau. Vor einiger Zeit liebte sie mich auch noch. Zumindest war es das, was sie sagte und ich ihr glauben wollte. Sie sagte, dass sie noch nie an eine gemeinsame Zukunft mit einem Mann, Kinder bekommen oder gemeinsam alt werden gedacht hatte, bis wir zusammen kamen. Und ich wollte ihr all das glauben. Ich tat es auch. Sie sagte es so oft, dass ich es glauben musste. Insgeheim war es auch für mich das erste Mal, dass ich an sowas gedacht habe, allerdings selten aussprach. Vielleicht zu selten. Ohne einen bösen Hintergedanken, schrieb ich ihr damals aus alter Freundschaft über Instagram, da wir uns bei meinem letzten Istanbul Besuch, mehr oder weniger zufällig sahen. Von gelegentlichen hin und her schreiben entwickelte sich das Ganze zu täglichem Whatsappkontakt, bis hin zu nächtelangen Gesprächen. Alles digital, da ich in Deutschland lebe und sie in der Türkei. Es war der Beginn einer einzigartigen Beziehung. So selten, wie ein 6er im Lotto in der Hand zu halten und gleichzeitig vom Blitz getroffen zu werden. Ich kann das besten Gewissens behaupten, obwohl ich vorher nur eine ernsthafte Beziehung hatte, da ich in 26 Jahren Lebenszeit viel rum gekommen bin, viele Freundschaften angefangen und schnell wieder beenden musste. Für mich war es immer klar. Es gibt viele Gründe zu bleiben, aber einer reicht um zu gehen. Das war bei ihr nie der Fall. Kein einziges Wort, keine ihrer Handlungen gab mir jemals den Anlass den Kontakt abbrechen zu müssen. Ich suchte nach einem Grund, so wie ich es immer tat, aber es fand sich kein einziger. Ich versuchte es immer und immer wieder. Aber alles was sie sagte, war das was ich zu hören hoffte.

Mein Studium ließ mich immer weiter abstumpfen, sodass ich mich von niemandem mehr beeindrucken ließ. Früher war ich einfach zu faszinieren. Alternative Lebenswege, Menschen die gegen den Strom schwimmen und Kriminelle fand ich überaus interessant und teilweise beneidenswert. Während meines Studiums, wurde mir das perfide System aus Arbeit und Ertrag hinein getrichtert, bis ich es für sinnvoll hielt und akzeptierte. Meine spirituelle Ader wurde gewaltsam entfernt und isoliert. Alles was nach fünf Jahren Studium übrig blieb war ein funktionierender Arbeiter, der den Traum einer illusionären Kariere anfing zu träumen. Sie schaffte es mich innerhalb weniger Wochen aus diesem Gefängnis zu befreien. Es war nicht das was sie sagte oder wie sie es sagte, sonder das Gefühl welches ich hatte, wenn ich mit ihr schrieb. Das selbe Gefühl, welches ein Kind überkommt, wenn es mit Freunden draußen am spielen ist und die Straßenlaternen angehen, man genau weiß, dass man seinen Eltern versprochen hat just in diesem Moment nach Hause zu kehren, aber beschließt doch noch fünf Minuten draußen zu bleiben und die letzten Augenblicke mit den Kumpanen auskostet, als wenn man sich nie wieder sehen wird. Dieses Glücksgefühl hielt stundenlang bei mir an, wenn wir miteinander schrieben. Ein atemberaubender Zustand, in Zeiten von desillusionierten Beziehungsidealen, die der Realität um ein vielfaches Widersprechen. Unser Whatsapp-Chat war, eine kleine heile Welt inmitten von oberflächlichen, nichts bedeutenden Freundschaften und unnötigen Feindschaften. Je schöner der Anfang, desto schlimmer das Ende. Und eines ist klar. Es gibt immer ein Ende. Manche berufen, sich dann wieder auf den Anfang und halten sich an Erinnerungen fest, aber dafür war kein Platz in unserem Leben. Wir durften beide ein sehr hohes Glück, vielleicht das Höchste bis dato in unseren Leben erfahren. Ich sollte mich glücklich schätzen, weil Andere es bis zum Ende ihrer armseligen Leben nie erfahren werden, aber wenn man ein Mal diese Art einer Beziehung gekostet hat, dann fängt man an alles was danach kommt damit zu vergleichen. Das ist einerseits unfair und andererseits nicht zielführend. Bewusst werde ich es irgendwann ablegen, aber unbewusst bin ich gezwungen jede Frau, die ich kennen lernen mit ihr zu vergleichen. Nachdem wir uns dazu entschieden unsere Beziehung zu beenden, fragte mich ein Freund wie ich mich fühlen würde und ich antwortete „Mein Freund, ich bin der schönsten Seele meines Lebens begegnet. Sag du es mir. Wie soll ich mich fühlen?“.

# Leiden

Kannst du Leiden?

Morgen werde ich 27 Jahre alt.
Ich habe mir nie viel aus meinem Geburtstag gemacht. Es kam mir nie so vor als müsste jemand, mich eingeschlossen feiern, dass ich auf diese Erde kam. Das hat sich dieses Jahr auch nicht geändert, aber irgendwas ist trotzdem anders. Ich bin kein Student mehr und arbeite seit, gut einem halben Jahr, in einem renommierten Bauunternehmen, mit überdurchschnittlich hohem Gehalt, Firmenwagen und guten Möglichkeiten mit Anfang 30 eine leitende Position zu ergattern. Ich wohne in einer WG mit zwei bezaubernden Mädels. Wir nennen uns eine Patch-Work Familie und das sind wir auch. Ein Türke und zwei deutsche Mädchen. Wir sind das Paradebeispiel für gelungene Integration, in beide Richtungen. Ich habe mehr erreicht, als sich mein 20 jähriges Ich jemals hätte vorstellen können. Mir stehen alle Türen offen. Aber das einzige Gefühl was sich, einen Tag vor meinem Geburtstag in mir breit macht ist Leere. Was ist nur passiert mit mir. Ich fühle nichts, keine Angst, keine Freude, keine Liebe, keinen Hass. Wie kann das nur sein, dass ich so abgestumpft bin. Mein Arbeitgeber hat mir letzte Woche einen neuen Vertrag mit knapp 1000 Euro Brutto mehr monatlich hingelegt und ich verspürte keinen Funken Zufriedenheit. Suchen Sie sich einen beliebigen Wagen bis 50.000 Euro Listenpreis aus, sagte der Chef und ich dachte währenddessen an ein Kind, dass ich morgens beim Bäcker sah. Das Kind spielte Trommel auf den Beinen seiner leicht genervten, aber glücklichen Mutter. Das Bild einer glücklichen Familie ließ mich etwas schmunzeln, welches mein Chef versehentlich als Freude über seine Nachricht interpretierte. Ich ließ ihn im Glauben, dass mich ein neues Auto glücklich macht. Es reicht, wenn die Welt eines Menschen zu wanken anfängt. Ich muss da nicht jeden hinein ziehen dachte ich mir und entschied mich für ein bodenständigen VW Golf. Von klein auf gab es nie einen Grund für mich traurig zu sein. Nichts weltbewegendes. Keiner meiner

Elternteile ist todkrank, es gab kein Familiendrama, keine Auffälligkeiten in meinem Leben, die solch ein Zustand rechtfertigen könnte. Und vielleicht ist genau das der Grund. Ich habe nie viel verlangt vom Leben, doch auch das hatte sich in den letzten 12 Monaten geändert. Ich fing an den inneren Drang zu verspüren etwas sinnvolleres mit meinem Leben anzufangen, als in der Immobilienbranche zu verrotten. Die Sehnsucht nach wahrer Liebe wurde ein ständiger Begleiter meines Daseins. Ich kam mit dem Gedanken, dass das alles ist was mich die nächsten 40 Jahre erwartet nicht mehr klar. Es erreichte heute seinen Höhepunkt. Einen Tag vor meinem 27. Geburtstag. Ich möchte alleine sein und das Leid spüren. Ich möchte es realisieren, es ertragen, mit ihm kämpfen, bis einer von uns beiden übrig bleibt. Leid ist kein Zustand oder Gefühl. Es ist ein Mantel, dass sich über meinen bisherigen Zustand gelegt hat und mir das Aufstehen erschwert. Jeder kann leiden, aber das Schwere daran ist, das Leid zu akzeptieren und es über sich ergehen zu lassen.

Freunde fragen mich, was ich heute Abend vor habe. „Alleine sein“, entgegne ich ihnen. Sie verstehen es nicht: „Wie du willst alleine sein?!“. Ja, das ist alles was ich will. Lasst mich alleine. Wieso ist es nicht in Ordnung, dass ich allein sein will. Die Gesellschaft stempelt allein sein, als etwas schlechtes ab. Dabei ist es der einzige Weg zur Erkenntnis. Ich werde heute kein neues Lebensjahr beginnen, ich werde nicht geboren. Heute Nacht will ich sterben, das Leid hinter mir lassen, einen Neuanfang wagen. Meine innere Haltung ist es was mich in diese Bredouille gebracht hat, da bin ich mir sicher. Ich habe nie viel erwartet und auf einmal hat sich das geändert. Damit muss ich noch klar kommen, danach kann ich, wieder ich sein.
Ich muss mich selber kennen lernen.

# Alles okay?

„Alles okay bei dir?“, schreibt mir eine Freundin.

Ist alles okay bei mir?

„Alles“ auf gar keinen Fall. Das ist ausgeschlossen.

Ist vieles okay bei mir? Ich denke nicht.

Einiges okay bei mir? Vielleicht.

Manches okay bei mir? Kann schon sein. Wahrscheinlich etwas weniger als „manches“, aber immer noch mehr als bei den Meisten, die ich kenne, es aber niemals zugeben würden.

Aber das Unglück anderer, kann mich nicht retten.

# Mein Sein

Mir wurde es verwehrt ich selbst zu sein.

Ohne mein tiefstes, inneres Ich jemals kennen gelernt zu haben vermisse ich es. Jeden Tag aufs Neue, muss ich daran denken, wie es wäre, wenn ich mir selbst näher stehen könnte. Bestimmt wäre ich gelassener, geerdeter und zufriedener. Vielleicht würde ich es sogar akzeptieren können, dass die Welt so beschissen ist. Aber im Moment geht es nicht. Ich bin weiter entfernt von mir selbst als jemals zuvor und mit jedem Atemzug gehe ich einen Schritt weiter in Richtung verderben. Ich schließe die Augen und sehe absolute Leere, wahrscheinlich ist das mein Verdammnis. Ewige Leere in Zeiten des Krieges. Das Leben zieht an mir vorbei, jede Woche frage ich mich, was die Woche zuvor eigentlich passiert ist.

Ich war arbeiten, habe mich mit Freunden getroffen, eine Serie geschaut, eine Frau hat mit mir geschlafen, Essen hat mich satt gemacht und Wasser meinen Durst gestillt.

Ich lebe.

Das ist die einzig, gute Nachricht.

Ich lebe.

Ich will abschalten, aber ich kann nicht. Der Rausch raubt mir meine Träume, dabei hat mir jemand erklärt, dass man im Traum seinen Tag verarbeitet. Auch diese Möglichkeit der Selbsttherapie bleibt mir verschlossen. Ohne den Rausch fühle ich mich wie betäubt. Eine graue Welt liegt mir zu Füßen und ich trete drauf. Es spielt keine Rolle, was Freunde mir raten zu tun, denn ich bin verloren.

Ich bin verloren in einer untergehenden Gesellschaft. Das macht die Sache etwas erträglicher, denke ich. Zumindest macht es sie nicht schlimmer.

# Mein besseres Ich

Ich habe mir meine Freunde immer nach einem bestimmten Muster ausgesucht. Es mussten Menschen sein, von denen ich etwas lernen kann. Die Vorstellung mit jemanden befreundet zu sein und ihn zu treffen, ohne dass ich etwas von der Person lernen könnte irritiert mich jedes Mal, wenn ich von bedeutungslosen Freundschaften mitbekomme. Obwohl ich meine Freunde sehr penibel auswähle und ich behaupten würde, dass jeder ein besonderer Mensch ist sticht sie dermaßen heraus, dass ich jedes Mal nachdem ich sie treffe mir die Frage stelle, ob die anderen Freundschaften es Wert sind sie so zu nennen. Oder sind es nur gute Bekannte? Ich weiß es noch nicht.

Wir haben uns vor knapp 17 Jahren kennengelernt, als wir 10 Jahre alt waren. Damals habe ich meine Freunde natürlich nicht, nach dem eben beschriebenem Schema ausgewählt. Wir lernten uns im Ferienort kennen, an dem unsere Eltern ein Sommerhaus haben. Wie, viele andere Kinder auch in unserem Alter, waren wir die gesamten Sommerferien an diesem Ort, in der Nähe von Istanbul. Meine Freunde und Verwandte aus der Türkei verbrachten drei Monate dort und ich sechs Wochen Sommerferien. Die früheste Erinnerung, die ich an sie habe ist, dass sie mit meinem Cousin aus der Türkei befreundet war. Ich sah beide zum Strand runter kommen. Die Wohnungen sind auf einem Berg gebaut und die beiden wohnten nebeneinander.

„Das ist mein Cousin aus Deutschland. Er kann nicht so gut türkisch aber man versteht fast alles“, so stellte mich Ahmet, mein Cousin für gewöhnlich Leuten vor, die ich zum ersten Mal kennen lernte.

„Ja“, antwortete ich „Mein Türkisch ist schlechter als er Fußball spielt!“.

Wir waren Kinder und ständig im Zweikampf, wer besser ist.

Wer ist schneller, wer springt höher, wer hat weniger Angst. Das hat sich mit den Jahren natürlich gelegt, aber zu der Zeit hatte es noch lange nicht seinen Höhepunkt erreicht.

„Aus Deutschland also. Ich kenne niemanden der nicht aus der Türkei kommt", sagte sie. Als Kind verwunderte mich das sehr, da ich in Deutschland mit Kindern aus vielen verschiedenen Nationen aufwuchs. Aber was sie meinte war, dass sie niemanden kennt, der nicht außerhalb der Türkei lebt. Es lag höchstwahrscheinlich an mir, dass ich es falsch verstand. Diese Missverständnisse wurden mit den Jahren immer weniger, aber ganz zu vermeiden sind sie auch jetzt nicht. Das war unsere erste Begegnung, an die ich mich erinnern kann. Obwohl wir noch sehr klein waren, meine ich mich daran erinnern zu können, dass eine gewisse Vertrautheit zwischen uns von Anfang an zu spüren war. Ich habe sie noch nie darauf angesprochen, aber ich bin mir sicher, dass sie das allein aus Liebe mir gegenüber bestätigen würde. In den folgenden Jahren verbrachten wir immer mehr Zeit miteinander. Wir waren eine große Gruppe von Kindern in unserem Alter, aber ich kann mich nicht daran erinnern, dass jemand anders aus dem Ort mich so sehr an sich binden konnte wie sie. Unsere Freundschaft wuchs mit jedem Jahr und gleichzeitig auch die Trauer, wenn die Ferien für mich vorbei waren. Bis ich 16 Jahre alt wurde beschränkten sich meine Besuche nur auf die Sommerferien. Ab dann war meine Sehnsucht nach ihr und meinen anderen Freunden so groß, dass ich mich entschloss auch die anderen Ferien nach Istanbul zu fliegen. Manchmal denke ich zurück und überlege, wer alles damals dabei war in unserer Gruppe und mit wem ich heute noch Kontakt habe. Das Ergebnis ist relativ ernüchternd, da sie die einzige Freundin ist mit der ich mich jedes Mal, wenn ich in Istanbul bin treffe. In größeren Gruppe sind viele von früher dabei, aber anscheinend ist es mir niemand Wert, sich alleine mit ihm oder ihr zu treffen. Hinzu kommt, dass sie mittlerweile der einzige Mensch in meinem Leben ist, mit dem ich so gut wie alles teile. Unsere Freundschaft begann stärker zu werden, als ich anfing öfters in die Türkei zu reisen. Am Anfang war es ziemlich schwer für uns in

Istanbul ein treffen zu organisieren, da wir noch ziemlich jung waren mit 16 Jahren und nicht über all hin durften. Außerdem erschwerte uns die räumliche Distanz es uns zusätzlich sich zu treffen. Sie wohnte in Avcilar, am Ende von Istanbul und ich im Zentrum. Das bedeutete eine Fahrtzeit von einer guten Stunde, wenn man Pech hatte auch gerne Mal zwei Stunden. Dementsprechend beschränkten sich unsere Treffen auf die Mittagszeit. Für gewöhnlich trafen wir uns jeden Tag, den ich in Istanbul war. Dies war als Jugendlicher, ohne Verpflichtungen ohne Weiteres möglich. An einen Tag kann ich mich besonders gut erinnern. Ich war 20 Jahre alt und langsam bekamen auch sie etwas mehr Freiheiten, was das Ausgehen betrifft. Wir trafen uns morgens zum Frühstück im französischen Viertel, nahe der Istiklal Straße. Egal bei welchem Treffen, jedes Mal wenn wir uns sehen müssen wir lachen. Kein Lächeln, wie wenn man einen guten Freund nach langer Zeit wieder sieht. Wir lachen jedes Mal aus vollem Herzen, als wäre etwas urkomisches passiert. Und das obwohl wir noch kein einziges Wort gewechselt haben. An diesem besagten Tag wurde mir eines klar.

Kennst du das Gefühl jemandem in die Augen zu schauen und sich selbst in dieser Person wieder zu finden? Ich spreche nicht von Mama, nicht von Geschwistern oder Oma und Opa. Ich spreche davon, sich selbst in einer Person zu sehen, die ohne weiteres kein Teil deines Lebens hätte sein können. Mein Leben begleitet solch eine Person und allein der Gedanke daran, dass ich sie nicht kennen könnte erfüllt mich mit tiefster Trauer. Ich kann mir nicht vorstellen, ein glückliches Leben ohne sie zu führen. Sie ist es, was mich an eine spirituelle Welt glauben lässt. Ich bin davon überzeugt, dass das Universum vor unserer Geburt einen Plan für uns geschmiedet hat. Ich gehe sogar so weit, zu behaupten, dass wir in einem, unserer früheren Leben uns kannten. Vielleicht waren wir Zwillinge. Eventuell hat es einer von uns damals nicht ins Leben geschafft und jetzt erleben wir die Liebe, die Zwillinge verbindet in anderen Körpern wieder. Wenn wir uns sehen kann ich oftmals ihren Anblick nicht erwidern, weil es mir Angst einjagt, wenn ich mich selber in ihr finde.

Als eine Person, die gerne vor sich selbst weg rennt und es meidet, sich mit sich zu beschäftigen, ist es jedes Mal aufs Neue eine Herausforderung, ihr lange in die Augen zu schauen. Sie weiß es nicht, aber es kommt vor, dass ich fast weinen muss, wenn ich ihr in die Augen schaue. Sie ist ein Spiegel zu mir selbst und das macht mir Angst. Das Gefühl wenn ich mit ihr bin, ist mit Geborgenheit am Besten zu beschreiben. Es ist das Gefühl, welches sich kurz vor dem Einschlafen einstellt. Man merkt, dass es gleich so weit und sich dagegen nicht mehr wehren kann. Ein Schleier voller Wärme und Liebe legt sich über mich, wenn ich mit ihr bin. In ihrer Nähe bin ich frei. Ich bin frei von Sorgen, frei von Zwängen, frei von allem was mich auf dieser Erde hält. Dabei spielt es keine Rolle wie lange wir uns nicht sehen, weil unsere Verbindung nicht auf ständigem Beisammen sein beruht. Es könnten Jahre vergehen, die wir getrennt voneinander verbringen und es würde sich nichts an meinen Gefühlen ändern. Es ist nicht nur das, was ich fühle wenn ich mit ihr bin. Sie ist eine der wenigen Menschen, die ich kenne, die wirklich sie selbst sind. Keine ihrer Handlungen, keine ihrer Bewegungen ist gespielt, sie ist sie selbst und das ist es was mich am Meisten an ihr bewundert. Wer schafft es heutzutage, in einer Welt voller unerfüllbaren Erwartungen noch man selbst zu sein.

Als unsere Freundschaft, vor vielen Jahren begann stärker zu werden habe ich mich nicht getraut, die Gefühle, die ich für sie habe zuzulassen. Ich überspielte sie mit coolem Auftreten und Kälte. Ich versuchte mir einzureden, dass ich es nicht verstehe, wieso sie so traurig ist, wenn ich zurück nach Deutschland gereist bin. Insgeheim war es mir immer klar, weil ich genau das Selbe gefühlt habe, aber zu feige war es zuzugeben. Jetzt, nach vielen Jahren dieser außerordentlich, besonderen Verbindung, bin ich an dem Punkt angelangt, an dem ich ein Leben ohne sie nicht zulassen werde. Niemand kann zwei Menschen, die den selben Geist teilen, voneinander trennen, ohne dass sie daran seelisch erkranken würden. Wir haben uns wieder Mal gesehen vor ein paar Tagen und es ist still um mich herum geworden. Ich bin, mir selber ein Stück näher gekommen und wenn ich über alles nachdenke, es vor meinen Augen real werden lasse, komme ich zu einer niederschmetternden Erkenntnis. Özge ist das Kind in mir, welches ich vor langer Zeit weg gesperrt habe. Sie ist mein weinendes, lachendes, verspieltes, emotionales, inneres Kind, dass in einem anderem Körper weiter lebt. Es lebt am schönsten Ort auf dieser Welt. Es weint, lacht und sieht mich aus ihren Augen an.

Diese Schuld ist zu groß, als das ich sie jemals zurück zahlen könnte.

# Freundschaft. Oder was davon übrig geblieben ist

Wir planen unser Treffen eine Woche im Voraus und selbst das ist mehr als knapp, lässt sie mich wissen. Die Vorfreude könnte kaum geringer sein, als sie mir drei Stunden vorher schrieb, dass sie sich um 5 Minuten verspäten wird. Fünf Minuten Verspätung sind heutzutage eine Nachricht wert, ich fasse es nicht.Ich selbst kam 15 Minuten zu spät, aber vergnügte mich mit dem Gedanken, dass sie in Stress gerät, weil sie fünf Minuten, unseres eine Woche zuvor geplanten Treffens verpasst.

Zeit scheint die neue Währung zu sein, die die Freundschaft am Leben hält. Ich habe den Währungswechsel von geteilten Werten, zur Zeit nicht mitbekommen, deshalb blieb ich auf dem Weg an einem Café stehen, dessen Besitzer ein guter Freund von mir ist. Ich umarmte ihn, wir lachten laut über meine viel zu kurzen Haare und ich erfreute mich seiner Lebensfreude, die mich wie eine Schneelawine überrollt hatte. Noch eine lange Umarmung zum Abschied und ich ging weiter.

Vom Weiten sah ich, wie sie auf ihr Handy starrte. Zwischendurch hob sie ihren Blick in der Hoffnung mich zu sehen, aber ich näherte mich von hinten, tippte ihr auf die Schulter und sie drehte sich um.

„Endlich bist du da. Wieso sagst du nicht, dass du zu spät kommst, dann hätte ich mich nicht so abgehetzt!“

Aber genau das wollte ich.

„Sorry Madame, ich habe die Zeit aus den Augen verloren, während ich Carlos zufällig getroffen habe. Jetzt komm her, lass dich umarmen.“

Für gewöhnlich hatten wir einen besonderen Handschlag, den wir mit 15 Jahren eingeübt hatten und bis vor einiger Zeit immer noch machten. Ich streckte meine rechte Hand Richtung Schläfe aus. So fingen wir an. Ich wartete kurz, aber sie erwiderte es in keinster Weise. Ich wartete noch einen Augenblick und schaute sie, mit einer hochgezogenen Augenbraue erstaunt an.

„Was los? Vergessen wie es geht?“

„Nein, aber...“

„Aber was?!“

„Was ist wenn ein Arbeitskollege hier irgendwo sitzt und mich sieht?“.

Das Ritual beinhaltet keinen wilden Tanz oder etwas Anzügliches. Es ist lediglich eine Abfolge verschiedener Handschläge, nichts wofür man sich schämen müsste und mit 27 Jahren noch lange nicht.

„Ah scheiß drauf. Ist nur so eine Angewohnheit von mir, weißt du doch.“

„Ja ich weiß, setzen wir uns jetzt oder wollen wir so stehen bleiben?“

„Nur, wenn die Keine-Handy-Regel gilt. Okay?“.

Die Keine-Handy-Regel besagt, dass wir, sobald wir uns einmal hingesetzt haben die Handy´s übereinanderlegen und wer als erster das Handy in die Hand nimmt muss die komplette Rechnung bezahlen. Bisher hatte noch nie jemand das Handy in die genommen. Am Ende zahlte ich trotzdem, weil es mir Freude bereitete sie einzuladen.

„Ja, ist gut!“, sagte sie schweren Herzens.

„Möge das Spiel beginnen“ entflog mir aus meinem Mund und ich streckte ihr meine Hand zum Einschlagen aus. Sie schlug ein.

„Erzähl, wie läuft die Arbeit?“, war das erste was sie mich fragte. Sie fragte mich das, obwohl sie genau wusste wie meine Arbeit läuft.

Ich bin selbstständiger Tattoowierer. Ich stehe auf wann ich will, schließe den Laden auf wann ich will, lege Termine so wie es mir passt, mache Pause, wenn mir danach ist und verdiene Mal mehr, Mal weniger.

„Es geht ganz gut voran. Nächste Woche habe ich einen Kunden, der seinen gesamten Oberkörper mit Pfeilen bedeckt haben will. Sachen gibt´s. Und morgen kommt ein Bestandskunde. Vor einer Woche rief er mich an und sagte eins zu eins das „Hey, ich will ein neues Tattoo am Oberarm“ Ehe ich frage konnte was genau er sich vorstellt fügte er hinzu „Überrasch mich einfach“ Crazy oder?“

„Ja, vor allem so unüberlegt. Wieso macht man denn sowas? Das kann doch nicht gut gehen? Ich würde Jahre brauchen bis ich ein Motiv habe, dass für immer meinem Körper schmücken soll.“

„Nein, du würdest keine Jahre brauchen. Du würdest nie zur Entscheidung gelangen.“

„Und wieso überlässt er dir die Entscheidung über das komplette Motiv?“

„Weil er mir vertraut?“

„Das heißt noch lange nicht, dass du ein Motiv wählst was ihm gefallen wird“

„Du verstehst das nicht. Das ist eine besondere Beziehung zwischen mir und meinen Kunden. Ein Teil meiner Gedanken, ein Teil meiner Energie und ein Teil von mir wird sie für immer begleiten. Jeder

Mensch, den ich tätowiert habe trägt etwas von mir. Das Gefühl was ich in dem Moment gefühlt habe geht auf sie über. Verstehst du?“

„Bla bla bla. Du willst dir schön reden was nicht schön zu reden ist. Beim nächsten Mal gehen sie zu einem anderen Künstler und haben dich nach Verlassen des Studios schon vergessen. Was sagst du dazu?“

„Das ändert nichts daran, dass sie ein Teil von mir, für immer bei sich haben.“

„Du malst nur Bilder“

„Auf lebendigen Leinwänden“

„Und? Das ist doch egal. Du interpretierst da viel zu viel hinein“

„Kann schon sein. Ich wünschte mir, ich wäre etwas mehr wie du. Rationaler, nicht so ein Träumer“

„Aber das warst du schon immer. Schon als wir klein waren, hat es für dich nicht geschneit, sondern Feenstaub geregnet. Oder als wir zusammen das erste Mal in unserem Leben das Meer gesehen haben. Weißt du noch?“

„Ja, was war da?“

„Du sagtest es wäre ein endloses Schwimmbecken.“

„Kann sein, ich erinnere mich nicht mehr. Was ist nur mit uns passiert?“

„Was meinst du denn jetzt schon wieder?“.

Ich entschied mich dieses unausweichliche Thema auf später oder nie zu verschieben. Es gab zu viel zu sagen, aber zu wenig Zeit.

„Wie geht’s dir denn? Was macht die Kanzlei?“

„Mir geht's super. Mehr als das sogar. Ich bin auf dem richtigen Weg, denke ich“

„Wohin?“

„Was meinst du?“

„Auf dem richtigen Weg wohin?“

„Ach so. Du weißt schon was ich meine. Halt die richtige Richtung“

„Ja, aber was ist das Ziel?“

„Keine Ahnung man. Ich will irgendwann 5-stellig verdienen. Also netto 5-stellig im Monat.“

„Also ist dein Ziel monetär?“

„Sieht ganz so aus, oder?“

„Ich denke schon. Und was ist, wenn du nächstes Jahr dieses Ziel erreichst? Was kommt als nächstes? 6-stellig im Monat?“

„Hört sich doch super an“.

Hört sich traurig an, dachte ich mir und schwieg.

„Wenn es das ist, was du vom Leben erwartest, dann wirst du es früher oder später schaffen. So wie ich dich kenne, eher früher als später“

„Kann schon sein“

Das Cafe begang sich allmählich zu leeren. Wir bestellten eine weitere Runde Gin Tonic.

Ihr Blick ging des Öfteren Richtung Handy, allerdings hatte ich ihres unter meins gelegt, sodass sie nicht sah wer oder was ihr geschrieben wurde. Wie sich herausstellte, war das eine gute Entscheidung, denn ihr Handy vibrierte unaufhörlich und jedes Mal schreckte sie kurz auf, als wäre das Gerät mit ihren Nerven verbunden.

„Wenn du unbedingt willst, kannst du es gerne in die Hand nehmen. Bestimmt ist es wichtiges“, entglitt mir aus meinem Mund, leicht abfällig und genervt.

„Gilt die Regel denn nicht mehr?“

„Ist das dein ernst? Wie kommst du darauf, dass ich es zulassen würde, dass du dich außerhalb der Arbeitszeiten von deinen Kollegen nerven lässt?“.

Ich ging davon aus, dass es Arbeitskollegen sein mussten, da ich, nach ihrem Studienbeginn der einzige Freund geblieben bin außerhalb der Universitätswände.

„Es könnte etwas Wichtiges sein. Wir erwarten Rückmeldung eines großen Kunden.“

„Aber nicht um 21 Uhr, 3 Stunden nach Feierabend, während wir uns treffen.“

„Du verstehst das nicht. Du hast es nie verstanden, was es bedeutet richtig zu arbeiten“.

Augenblick wurde ihr klar, was sie da gerade gesagt hatte.

„Lernt man als Anwalt nicht, zu überlegen bevor man redet?“

„Du weißt wie ich das meine. Ich habe Verpflichtungen gegenüber der Firma. Du kannst in den Tag hinein leben, wie es dir gefällt. Da ruft niemand an, wenn du morgens um 8 Uhr nicht im Büro sitzt oder?“

„Richtig. Das bedeutet noch lange nicht, dass ich nicht richtig arbeite, oder?“

„Die klassische Arbeit ist es aber auch nicht.“

„Und das ist auch gut so, Julia. Ich liebe mein Leben so wie es ist. Ich fühle mich relativ frei. Was ist es, was dich wirklich stört?“

„Ich will mich mit dir nicht streiten“

„Wieso streiten?“

„Weil dieses Gespräch immer zum Streit führt und das weißt du“

„Vielleicht weil es mich verletzt, wenn du sowas sagst?“

„Ich wollte dich nicht verletzen“

„Hast du aber. Es geht auch nicht darum, dass jemand verletzt wird oder nicht. Ich wüsste einfach gerne, was dich wirklich an meinem Leben stört. Ich denke nicht, dass es etwas mit mir zu tun hat“

„Wie meinst du das?“

„Wann hast du entschieden Jura studieren zu wollen, Anwältin zu werden und dich damit wohl zu fühlen?“

„Papa wollte, dass ich Jura studiere. Anwältin war die Konsequenz“

„Und seit wann fühlst du dich wohl damit?“

„Schon immer, denke ich. Das war kein bestimmter Tag oder so, falls du darauf hinaus möchtest“

„Möchte ich nicht“

„Was dann?“

„Ich denke, du hast dich, in dieser Rolle nie wohl gefühlt. Du wurdest zu etwas gezwungen, wie die meisten Kinder halt. Eltern versuchen oft, das aus ihren Kindern zu machen, was sie selbst nie geschafft haben."

„Mach mal halb lang. Das ist ein wenig weit her geholt"

„Hat dein Papa nicht damals Jura angefangen und abgebrochen?"

„Ja, aber weil es ihm nicht so lag."

„Und dann hat er Wirtschaftsrecht studiert. Da liegen keine Welten zwischen."

„Ja kann sein. Aber das bedeutet doch noch lange nicht, dass ich das idealisierte Abbild meines Vaters bin. Und selbst wenn. Wäre das so schlimm?"

„Wenn du dir jeden Job auf der Welt aussuchen könntest und auch noch gut wärst in dem was du machst, was wärst du dann gerne?

„Hmmm."

Sie nahm einen Schluck Gin Tonic, schaute hilflos durch die Gegend, als würde die Antwort irgendwo anders als in ihr drinnen sein.

„Wenn ich so überlege, wollte ich immer Leichtathletin werden. Durch die Welt fliegen, an Wettkämpfen teilnehmen, mich mit anderen messen."

„Du warst ziemlich gut im Weitsprung und 400 Meter Lauf oder?"

„Zumindest war ich immer die Erste bei den Mädels."

„Und in der Schule auch unter den Top 3 bei den Jungs, als wir noch kleine waren. Daran kann ich mich noch gut erinnern, weil die Jungs in der Umkleide sich immer so geschämt haben."

„Echt?"

„Klar. Es war immer total still in der Kabine, wenn du fast alle Jungs im Ranking hinter dir gelassen hast.“

„Und du?“

„Ich habe mir nie etwas aus Sport gemacht, weißt du doch. Ich habe mit dir geprahlt und die anderen aufgezogen.“

Kurz wurde es still. Ich deutete auf meinen linken Unterarm, auf der ein Tattoo zwischen vielen anderen herausstach. Es war nicht größer, bunter oder schöner. Aber die Bedeutung war im Gegensatz zu den meisten meiner Tätowierungen ganz besonders. Es ist ein kleines Mädchen, das auf einem Spielplatz, weit weg von allen anderen Kindern steht. In ihrer Hand hält sie eine Schaufel und auf ihrer Wange sieht man eine kleine Träne hinunter kullern. Wenn man genau hinschaut erkannt man, dass ihr Schatten nicht ihrer ist, sondern der eines Jungen, in ihrem Alter.

„Du weißt genau was dieses Tattoo für mich bedeutet.“

Sie nahm meinen Arm in die Hand und begutachtete das Werk vom Nahen.

„Ich weiß. Das ist deine erste Erinnerung an mich und du bist der Meinung gewesen, als ich so vor dir stand, dass dein Schatten genau über meinem lag. Das geht natürlich nicht, aber du hast es so abgespeichert in deinem Kopf.“

„Genau. Und seit dem Tag haben wir unser ganzes Leben zusammen verbracht.“

„Ja, und?“

„Wenn du nicht glücklich bist, kann ich es auch nicht sein. Und seit du dieses Studium angefangen hast, habe ich das Gefühl, ich müsste für uns beide zusammen glücklich sein.“

„Du musst nicht."

„Ich muss. Du bist mein ganzes Leben neben mir gewesen. Wenn meine Eltern sich wieder mal nicht um mich gekümmert haben, warst du es, die mich bei sich aufgenommen hat. Durch dich bin ich zum Malen und dann zum tätowieren gekommen. Fast alles was ich bin, habe ich dir zu verdanken, aber selbst dagegen wehrst du dich heute."

„Genauso warst du immer für mich da und bist es immer noch."

„Und deshalb muss ich sicher sein, dass du wieder du sein kannst."

„Dafür ist es zu spät. Ich arbeite jetzt, verdiene gutes Geld und der nächste Schritt ist Aufsteigen zur Partnerin, dann irgendwann Familie und irgendwann mal eigene Kinder."

„Es ist nicht zu spät. Bis vor einem Jahr habe ich noch täglich Drogen genommen, da hast du mich auch nicht abgeschrieben oder?"

„Natürlich nicht. Das war die schlimmste Phase in deinem Leben. Genau dann musste ich für dich da sein."

„Und das muss ich jetzt für dich, in deiner vermeintlich schönsten Phase deines Lebens."

Tief in meiner Haut, ist meine erste Erinnerung an sie gestochen. Und tief in meinem Herzen sitzt mein Schmerz, den ich fühle, wenn sie unglücklich ist.

# Rest in Space

Eine Woche nach unserer Trennung entschied ich mich dazu, vor meiner Abreise mich ein letztes Mal mit ihr zu treffen. Besser gesagt ich fragte sie, ob sie mit einem Treffen einverstanden wäre. Ohne zu zögern willigte sie, auf meine WhatsApp Nachricht ein. 2500 km Entfernung wurden, nach einem halben Jahr zu viel für sie und einmal alle zwei Monate sich für zwei, drei Tage sehen zu wenig. Das teilte sie mir am Tag meiner Ankunft mit und wir trennten uns. Eine seltsame, nicht ganz verständliche Trennung für beide Seiten.

Ich hatte mir diesmal 10 Tage Urlaub genommen, um das erste Mal etwas mehr Zeit mit ihr verbringen zu können. Trotz der Trennung versuchte ich die Zeit so gut wie möglich in Istanbul zu verbringen, mit wenig, bis gar keinem Erfolg. Die Trennung kam einerseits unerwartet und andererseits war sie unverständlich.

Einen Tag vor meiner Abreise trafen wir uns. Wir entschieden uns dazu, uns in dem Cafe zu treffen indem wir uns ca. ein Jahr zuvor zufällig das erste Mal, nach sehr langer Zeit wieder sahen. Es gab keinen Grund dazu sich für dieses Café zu entscheiden, da es in diesem Viertel in Istanbul vor lauter Cafés nur so wimmelt, und trotzdem zog es uns dorthin, wo alles seinen Anfang nahm. Die Entscheidung sie um ein Treffen zu bitten fiel nicht plötzlich. Sie war gut durchdacht. Meine Trauer über den Verlust hatte seinen Höhepunkt erreicht in dem Moment als ich ihr die Nachricht schickte. Zumindest war es der Höhepunkt meiner Trauer bis zu dem Punkt an dem ich diesen Text verfasste.

Als ich ankam saß sie schon im Café. Sie winkte mir zu und ich ging hin. Vielleicht saß sie sogar an dem Platz an dem wir uns vor einem Jahr wieder sahen. Ich war mir nicht sicher. Während ich auf den Tisch zu lief, stand sie auf, kam mir zwei Schritte entgegen und breitete ihre langen Arme aus. Ohne darüber nachzudenken fielen wir uns gegenseitig in die Arme. Eine lange, innige Begrüßung. Die Nähe zu einem Partner verfliegt nicht so schnell wie man es sich vorstellt. Vor allem nicht wenn beide nicht genau wissen wieso man sich getrennt hat.

Wir saßen uns hin.

Es war schon spät. Das gesamte Café war mit wenig Licht und vielen Kerzen beleuchtet. Die perfekte Atmosphäre für ein erstes Date, ein Wiedersehen nach langer Zeit, aber nicht für ein Paar, dass sich vor einer Woche trennte, um sich 7 Tage später wieder zu sehen.

Der erste Schluck eines langen Abends lief meine Kehle hinunter. Es war der Versuch einen Waldbrand mit Wasserbomben zu bekämpfen.

„Hast dich kaum verändert", entflog mir, mit einem Schmunzeln im Gesicht, als würden wir heute Abend zusammen nach Hause gehen, als wäre alles beim Alten.

„Sicher? Ich habe etwas abgenommen, sieht man das nicht?", entgegnete sie mir selbstbewusst und schlagfertig, wie sie hin und wieder sein konnte.

„Nein, dazu müsste ich dich nackt sehen aber...".

Sie lachte laut und ich konnte mich kaum zurück halten, meisterte die Situation aber indem ich weiter sprach und fragte: „Wie läuft die Theaterschule, ist die Assistenz fördernd für dich oder eine unnötige Belastung neben dem Unterricht?"

„Ja, jetzt wo der Unterricht angefangen hat ist die Belastung enorm hoch. Trotzdem lerne ich mehr, während der Assistenz als in den letzten 2 Jahren Unterricht. Ich habe viele Aufgaben vom Regisseur bekommen. Er vertraut mir mittlerweile".

Die Unterhaltung hätte noch Stunden in dieser Art weiter gehen können. Aber ich entschloss mich dazu, zum eigentlichen Grund unseres Treffens zu kommen ohne viel Zeit zu verlieren. Wer weiß schon, wann wir wieder die Chance dazu haben würden?

„Schaffst du es Zeit für dich selbst einzuplanen?“, wollte ich von ihr wissen, da ich in den letzten Monaten bemerkte wie sehr sie sich auf die Assistenz stürzte. Wieso dies tat war mir damals noch nicht bewusst.

„Naja es geht. Einmal die Woche haben wir einen freien Tag?“

„Aber?“

„Letzte Woche hatte an meinem freien Tag ein sehr enger Freund Geburtstag und ich entschied mich dazu nicht hinzugehen, sondern die Zeit für mich selbst zu nutzen. Ein wenig egoistisch oder?“

„Ja, das ist es. Positiver Egoismus. Ich freue mich, dass du es geschafft hast dich für dein eigenes Wohl zu entscheiden. Kurzfristig werden deine Freunde vielleicht sauer auf dich sein oder kein Verständnis dafür zeigen, aber langfristig werden solche Entscheidungen dein eigenes Glück fördern und somit auch das deiner Freunde.“

„Das sehen die natürlich anders.“

„Wer weiß denn wie anstrengend dein Leben wirklich ist? Von der Trennung deiner Eltern, hin zu dem was du heute machst und wie schwer es für dich körperlich, als auch seelisch ist?“

„So richtig, weiß es niemand“

„Dann kannst du es Ihnen auch nicht übel nehmen, oder?“

„Ich würde wahrscheinlich genau so reagieren“.

Sie schaute mich, von der anderen Seite des Tisches etwas verschüchtert, sogar ängstlich an. Nach dem ersten Wortwechsel wusste Sie bescheid, dass das Treffen kein Versuch war sie zurück zu gewinnen. Ich war mir nicht sicher, ob sie das verwunderte oder sogar neugierig machte. Ich hatte es in den 7 Monaten, die wir zusammen waren nie geschafft ihr zu sagen, was ich von ihrem Lebensstil, ihrer Einstellung sich selber gegenüber halte. Unsere Treffen beschränkten sich auf zwei bis drei Tage alle zwei Monate, sodass wir uns insgesamt nicht viel mehr als zwei Wochen gesehen hatten. In diesen zwei bis drei Tagen durchlebten wir jedes mal das selbe. Am ersten Tag war die Freude über das Wiedersehen so groß, dass wir kaum miteinander sprachen. Eigentlich lachten wir uns ständig gegenseitig an und wenn wir nicht lachten schauten wir uns an, realisierten die Situation und waren glücklich über das beisammen sein. Am zweiten Tag redeten wir über alles was uns die letzten Monate beschäftigt hat, wie es uns geht, was wir fühlen und trafen unsere gemeinsamen Freunde, mit denen wir bis in die frühen Morgenstunden beisammen waren, um die Zeit so gut wie möglich zu nutzen. Der dritte Tag begann jedes e nzelne Mal damit, dass einer von uns beiden traurig aufwachte, den anderen weckte und die Trauer überhand nahm. Am letzten Tag waren wir immer sehr still. Wir wussten nie so genau was passieren wird, nachdem ich fort bin.

„Schaumal“, so fing ich, in der Regel einen langen Monolog an. Das wusste sie und machte sich augenblicklich bereit dafür, indem sie etwas näher an den Tisch rückte, die Ellenbogen absetzte, ihren Kopf mit ihren Händen abstütze, ihre überdimensional großen Augen aufriss und lächelte.

„Schaumal, es sitzen sich zwei Menschen gegenüber die im Moment keinerlei Beziehung zueinander haben. Wir sind kein Paar, keine Freunde, keine Bekannten. Wir sind zwei Menschen, die sich gegenseitig restlos ehrlich sein können, ohne sich zurück nehmen zu müssen. Ich möchte von dir Wissen, wieso du vor dir selber weg rennst?“

„Wie jetzt, das wars schon?“.

Ich nickte.

„Ich bin gut da drinnen mich selbst an zu lügen. So lange bis ich mir selber glaube. So lange bis es mir mein Umfeld sogar glaubt“

„Das habe ich dich nicht gefragt. Wieso rennst du vor dir selber weg?“

„Ich hätte nicht gedacht, dass es heute um mich geht“

„Lass das, antworte mir!“

„Ich weiß es nicht“

„Ich weiß es nicht, diesen Satz hast du beim letzten Mal am Meisten benutzt. „Wieso trennen wir uns“, ich weiß es nicht. „Was fühlst du“, ich weiß es nicht, „Wie soll das weiter gehen“, ich weiß es nicht! Ich sag dir was ich denke. Du hast Angst vor dir. Du hast Angst vor der Person, die sich hinter deiner Vergangenheit versteckt“.

Genau das wollte sie nicht hören. Ihr Blick senkte sich Richtung Tisch. Ich zündete mir eine Zigarette an und ließ ihr einen Moment.

„Ich sage dir was. Deine Angst ist unberechtigt. Auch wenn du viel scheiße durch gemacht hast“.

Ich schluchzte kurz, weil das was ich jetzt sagen wollte hatte ich in dieser Form noch nie zu einem Menschen gesagt. Ich hatte nie so eine starke Bindung zu jemanden, in so kurzer Zeit aufgebaut, sodass es auch nie einen Grund für mich gab sich mit jemanden so sehr auseinander zu setzen.

„Ich hab viele Menschen kennen gelernt. Und ich kann mich nicht daran erinnern, dass mir eine dieser Personen ihr wahres Ich offenbart haben. Und ich habe es wahrscheinlich auch nie gemacht“.

Sie schaute tief in meine Augen, gespannt auf das, was ich als nächstes sagen würde.

„Aber du. Ich habe dein tiefstes, innerstes Ich kennen gelernt. Die Person die hinter deiner Maske von Verletzlichkeit und Trauer, über ihr eigenes Leben steckt. Und ich bin mir sicher, dass ich den schönsten, naivsten und treusten Charakter meines Lebens kennen gelernt habe. Dein wahres Ich ist das absolut Beste was mich jemals berührt hat. Du hast es geschafft, dass ich anfange Gefühle zu zeigen. Ein Ding der Unmöglichkeit. Du weißt genau in was für einem Umfeld ich groß wurde. Unsere Freunde wissen es und waren sich sicher, dass mich nichts mehr ändern kann. Und ich dachte das auch. Du hast es geschafft mich zu brechen, mein Ego beiseite zu schieben und mich in eine Welt voller Liebe und Geborgenheit zu bringen. Ich kann dir nicht mit Worten sagen was ich alles in dir sehe. Deine Art dich in deine Mitmenschen hinein zu versetzen, ihr gefühltes nach zu empfinden. All das ist die Seele eines Kindes, das zu tiefst verletzt wurde und sich nicht mehr traut sie selbst zu sein. Nicht die Person, die du seit ich dich kenne deinem Umfeld zeigst. Die Person, die ich in dir gesehen habe, die ist es Wert der ganzen Welt gezeigt zu werden. Nein, du bist es deinen Freunden und allen Menschen die du kennst schuldig. Ich kann nicht mit ansehen wie du vor dir weg rennst, bis du selbst daran glaubst, dass du das bist, was du vorgibst zu sein. Dein Freunde nehmen dir das vielleicht ab, aber ich nicht. Die Person, die du nach der Trennung deiner Eltern sein musstest, für deine Schwester und dich, ist nicht mehr von Nöten. Sie hat ausgedient. Dein ständiges Verlangen nach Beschäftigung hat krankhafte Züge angenommen. Der Grund dafür ist, dass du so nicht dazu kommst über dich und deine Probleme nachzudenken".

Sie meidete Blickkontakt. Ich ließ ihr ein paar Sekunden, aber unsere Zeit war beschränkt.

„Schau nicht weg. Sag was".

Sie war sichtlich geschockt. Ihr Zug an der Zigarette verriet mehr als tausend Worte. Nicht im Mundwinkel wie gewöhnlich, sondern mittig.

Ein kurzer Zug, hektisch und ungeübt wie bei der ersten Zigarette. Langsam fiel die Maske wieder. Das Kind in ihr kam zum Vorschein.

„Denkst du echt so über mich?"

„Nimm Stellung und kreis nicht um die Beute wie ein Aasgeier."

„Ich kann nur neben dir so sein wie ich wirklich bin".

Sie fing an die leere Zigarettenschachtel auseinander zu rupfen, deren einzelne Fetzen sie wohl überlegt auf einem Haufen platzierte.

„Ich verstehe es nicht. Mein Leben war gut, das dachte ich zumindest. Ich war ein glücklicher Single. Dann kommst du in mein Leben, ich fange an mir Gedanken über Ehe und Kindern kriegen zu machen. Ernsthafte Gedanken über das zusammen sein mit dir bis zum Lebensende. Und auf einmal, mit einem Schnips nehmen meine Gefühle ab. Wie kann das sein, wieso bin ich so?! Ich wollte das nicht. Und ich wollte das alles dir nicht antun."

„Du hast mir nichts angetan. Wenn man eine Beziehung eingeht, muss man sich im klaren darüber sein, dass es keine Garantie für etwas gibt. Das alles war sehr überraschend. Dieses, aus dem Nichts hat mich ziemlich fertig gemacht."

„Ich wollte das nicht."

„Das ist mir klar. Es gab auch keinen Grund sich zu entschuldigen letzte Woche. Wie gesagt, es gibt keine Garantie in einer Beziehung. Ich bin dir nicht böse".

Die Zigarettenschachtel war nun bis zur Hälfte in kleine Schnipsel zerteilt. In die übergebliebene Hälfte der Schachtel legte sie nun ein Teilchen nach dem anderen hinein, bis keine mehr auf dem Tisch lagen und setzte die Schachtel auf die Mitte des Tisches.

Wir schauten beide auf die Schachtel, guckten uns an und mussten lachten. Unsinn ist das, aber das ist was sie in meiner Gegenwart am liebsten machte. Und das ist was ich so sehr an ihr liebe.

„Guck doch mal, so was mache ich nur neben dir. Ungewollt und instinktiv, aber anscheinend bin ich das. Wieso kann ich das nur neben dir"

„Wieso spielt keine Rolle. Fakt ist, dass dir das gut tut so zu sein, richtig?"

„Natürlich tut es das. Ich fühle mich wohl. Brauche mich nicht zu verstellen"

„Das brauchst du vor niemandem zu machen. Dein Leben wird nicht besser, wenn du dir selbst im Weg stehst. Du läufst ständig gegen eine Mauer. Dann drehst du um, machst zwei Schritte zurück. Drehst dich wieder um und läufst schneller gegen diese Mauer, in der Hoffnung sie würde fallen. Das ist pure Selbstzerstörung, bis zu dem Punkt an dem du so schnell dagegen rennst, dass du nicht mehr aufstehen kannst. Das was du suchst verbirgt sich nicht dahinter. Dahinter ist noch eine Mauer und so weiter. Um zu dir zu finden musst du graben".

Sie kommentierte es nicht. Das war nicht weiter schlimm, dachte ich mir. Es musste ja nicht zwangsläufig stimmen. Ich bemerkte wie sie auf mein Festival Armband blickte. Einen Tag zuvor hatte ich ein Elektro Festival am Rande von Istanbul besucht, bei dem sie eigentlich auch eingeplant war, da wir mit unseren gemeinsamen Freunden dort hin wollten.

„Guck da nicht so hin Madame, du hattest deine Chance mit zu kommen"

„Aber die Farbe ist so schön. Und der Schriftzug gefällt mir".

CHILL OUT stand drauf. Der Name des Festivals. Das Armband hatte eine dunkel rote Färbung. Mit Armbändern hat sie es eigentlich nicht so.

„Das ist nicht dein ernst“

„Was meinst du denn?“, fragte sie und schmunzelte vor sich hin, da wir beide genau wussten worauf das hinaus lief.

„Du willst also mein Armband?“

„Ja!“

„Mädchen...“

„Aber die Farbe gefällt mir so sehr und...“

„Und was?“

„Ich will es einfach. Bekommst du es ab?“

Ich schaute sie an. Lag meinen Arm auf dem Tisch ab und zeigte ihr, dass es nicht abnehmbar ist, ohne es zu zerschneiden. Trotzdem versuchte ich es etwas auszuleiern, indem ich mehrmals dran zog. Es tat sich nichts.

„Hat Qualität das Ding“, sagte ich und nahm meinen Arm vom Tisch hinunter.

„Versuch es bitte nochmal. Ich will das haben!“

„Zuhause habe ich noch eins, ein heiles. Ich gebe dir das später wenn wir gehen. Wir müssen eh an der Wohnung vorbei laufen“

„Nein, ich möchte das. Das was du um hattest“

Wieso zum Teufel, dachte ich mir.

„Versuch es bitte nochmal oder lass es durchschneiden“

„Wir brauchen eine Schere. Dann kannst du es an deinem Handgelenk verknoten“.

Ich bat den Kellner um eine Schere.

„Ich glaube, dass ich den Verstand verliere“, flüsterte sie.

„Ich bin mir sicher, den hast du schon längst verloren. Es kann nur besser werden. Innerhalb der letzten 9 Tage hast du doch schon Fortschritte gemacht. Unser letztes Gespräch hat Früchte getragen.“

„Ja, das stimmt. Vor einem Monat wäre ich zur Geburtstagsfeier hin gegangen.“

„Na also. Du übertreibst schon gerne. Die Schauspielerei erlebst du überall in deinem Leben. Du lebst deine Gefühle immer am Maximum oder Minimum. Entweder du liebst unendlich viel und bis zum erbrechen oder du hast keine Gefühle. Entweder bist du die glücklichste Person der Welt oder stehst kurz vor dem Selbstmord. Du hast deine Mitte verloren. Dein Körper und dein Gehirn spielen zwei verschiedene Sportarten und das ist nicht gut“

„Hmmm. Es ist nicht so, dass ich nichts für dich fühle. Das auf gar keinen Fall. Ich wollte nicht dass das so wird. Ich verstehe es ja nicht einmal“

„Ich denke, dass das viel damit zu tun hat, dass deine Eltern sich haben scheiden lassen. Die kleinste Abschwächung deiner Gefühle signalisiert dir, dass das nichts werden kann und dabei bleibst du auch, weil du ein Sturkopf bist. Wir sind sechs Monate ganz oben auf einer Welle geritten. Jetzt sind wir eine Etage tiefer angelangt, was ganz normal ist. Für dich bedeutet das aber, dass es nicht mehr wie früher ist und das als ein Zeichen dafür deutetest, dass wir auf lange Sicht nicht glücklich werden können. Es gibt keine Beziehung und keine Ehe die 50 Jahre ganz oben auf der Welle reitet. Das will doch auch niemand. Kann es sein, dass der Betrug deines Vaters an deine

Mutter der Grund dafür ist, dass du es nicht zulassen willst mit jemanden die Art einer Beziehung zu führen die wir hatten. Eine wirklich ernste Angelegenheit, weil man dann an dem Punkt kommt, dass man angreifbar und verletzbar wird. In einer Beziehung, die dir nicht so viel bedeutet, würdest du wahrscheinlich gelassener auf ein Gefühlsabfall reagieren"

„Ich meinte es todernst damit, dass du der ideale Partner für mich bist. Das denke ich immer noch. Ich kann dir gar nicht genug erklären wie stark meine Gefühle für dich waren und immer noch sind. Dein Platz in meinem Leben ist nicht vergleichbar mit irgendjemand anderem"

„Das spielt keine Rolle mehr."

„Findest du?"

„Ist es nicht so?".

Der Kellner brachte die Schere. Genau jetzt wo es anfing interessant zu werden. Ich schnitt das Armband durch, so dass man es wieder verwenden konnte. Ich lag es mittig auf dem Tisch ab und wollte sehen was sie als nächstes macht. Mit einem beherzten Griff nahm sie sich das Armband, schaute es sich nochmals genau an und lächelte. Sie versuchte es sich um ihr eigenes Handgelenk zu binden und ich amüsierte mich an dem Anblick, statt zu helfen. Zu meinem Erstaunen schaffte sie es sehr schnell, einen ausreichend guten Knoten hinzubekommen.

„Steht dir!"

„Danke, weiß ich. Deshalb wollte ich es."

„Deshalb?".

Das Ganze hat einen tieferen Hintergrund. Als wir im März zusammen kamen, hatte ich vor meiner Abreise ein paar meiner T-Shirts, in ihre

Tasche geschmuggelt. Ich wusste nicht wieso ich das mache, aber wahrscheinlich wollte mein Unterbewusstsein, dass ein Teil von mir bei ihr bleibt. Auch sie ließ mir damals etwas zurück. Sie schenkte mir ein Buch, in dem sie Spickzettel mit kleinen Notizen für mich hinterlassen hatte. Die Schönste Geste, die mir ein Mensch bis dahin gemacht hatte. „Wenn ich dich umarme, bin ich dort wo ich zu sein habe". Diese Notiz aus dem Buch, wird mich mein leben Lang begleiten.

„Ja, du hattest einen höheren Stellenwert in meinem Leben, als mein Vater und meine Mutter, kannst du dir das vorstellen? Ich sehe nichts schlechtes in dir, alles war gut und dann…"

„Was war dann?"

„Keine Ahnung, meine Gefühle ließen halt nach. Es war nicht mehr so wie die letzten Monate. Und das hat mich zunehmend gestört. Ich ließ mein Handy einfach für Stunden in der Schule liegen und irgendwann dachte ich mir „Wieso schreibst du ihm nicht, warum willst du nicht mit ihm reden und ihm erzählen was heute alles passiert ist, wie sonst auch immer?"

„Dir ist schon klar, dass wir die ersten fünf Monate ganz weit oben auf der Verliebtheitsskala waren, ohne den Gedanken daran zu verschwenden, dass dies irgendwann mal auf ein normaleres Level fallen wird."

„Ich möchte aber eine Beziehung, die immer so weit oben ist. Ich habe gesehen was passiert, wenn die Gefühle nachlassen."

„Was meinst du?"

„Meine Eltern!"

„Scheidungskinder haben es schwerer Beziehungen aufrecht zu erhalten, das ist mir klar. Aber ich verstehe den Wandel nicht.

Innerhalb von zwei Wochen hast du eine 180 Grad Drehung gemacht. Das ist nicht normal."

„Mein ganzes Leben ist nicht normal."

„Wenn du dir das einredest, wirst du das irgendwann glauben. Wessen Leben ist denn normal? Meine Ex verlor ihre Mutter mit 17. Mein bester Freund floh vor Krieg und Elend. Der Vater eines guten Freundes brachte sich selbst um. Mein Vater, ein Sportler durch und durch, kann sich kaum noch, ohne Hilfe bewegen und er ist erst 54. Wohin soll dich dein Selbstmitleid bringen?".

Sie blickte wieder auf den Tisch, demütig wie ein Hund, der beim Sofa zerfetzen erwischt wird.

„Ich habe nie so hart mit dir gesprochen, oder?", fügte ich hinzu, um sie nicht zu überfordern. Denn das war sie auf jeden Fall.

„Letzte Woche, als wir uns trennten und heute. Ansonsten hast du nicht ein einziges Mal mit mir in diesem Ton geredet".

Sie lachte dabei. Ihr war klar, dass ich viel zu sagen hatte, aber ich nie dazu kam.

„Und das war mein Fehler"

„Kein Fehler"

„Doch doch. Es ist ja nicht so, dass mir das alles heute erst auffällt. Ich hatte das alles vor dir zu sagen, aber die Zeit mit dir war immer so knapp. Ich wollte die Stimmung nicht zusätzlich verschlechtern. Außerdem war das Erste was mir an die auffiel, während unserer Kennenlernphase deine Zerbrechlichkeit. Sie spring mir förmlich ins Gesicht. Das erschwerte es mir zusätzlich, das Ein oder Andere anzusprechen. Ich dachte mir, du bist das Opfer in dieser Geschichte.

Ich meine in deiner familiären Situation. Und dem Opfer kann man nicht sagen, wie es sich zu fühlen hat. Aber ich habe mich geirrt."

„In wie fern hast du dich denn geirrt?"

„Du bist nicht das Opfer in dieser Geschichte".

Sie schaute an meinen Augen vorbei. Rechts Richtung Ausgang. Sie floh gedanklich vor diesem Gespräch. Aber nicht diesmal. Wir waren kein Paar mehr. Wir würden heute Abend in getrennten Betten schlafen.

„Ich kann dir nicht folgen, wer wenn nicht ich ist das Opfer, erklär mir das", sagte sie, obwohl sie es nicht erklärt haben wollte.

„Deine Mutter ist das Opfer. Sie wurde betrogen, nicht du. Das ändert nichts an der Tatsache, dass es hart für dich war. Du wurdest verletzt und zwar sehr schwer. Aber du bist nicht das Opfer. Du hast dich selbst zum Opfer gemacht und jetzt fühlst du dich auch noch wohl in dieser Rolle. Eine Rolle ist es, nichts weiter."

Ich musste kurz pausieren. Ich hätte nicht gedacht, dass mich dieses Gespräch so sehr ermüden würde. Ich holte tief Luft, nahm einen Schluck Chardonnay und zündete die nächste Zigarette an.

„Wieso haben sich meine Gefühle für dich auf einmal verändert, wie konnte das passieren. Ich verstehe das nicht. Es war doch alles in Ordnung"

„Es war mehr als in Ordnung, oder?"

„Ja."

„Gab es einen Punkt an dem du dachtest, dass das nichts wird. Irgendwas was ich gesagt oder gemacht habe?"

„Nein, echt nicht. Ich verstehe mich selber nicht. Wieso bin ich so?"

„Keine Ahnung. Das werden wir heute Nacht nicht heraus finden“

„Ich glaube, dass ich es meinem Vater immer noch nicht verziehen habe“

„Weiter!“

„Ich habe Angst, dass mir das Selbe passieren könnte“

„Hattest du jemals das Gefühl, dass ich etwas in diese Richtung machen würde oder könnte?“

„Nein. Gar nicht“

„Trotz der Entfernung?“#

„Ja, ich vertraue dir restlos“

„Junge junge junge, du machst mich fertig“

„Ist anstrengend mit mir oder?“, sie versuchte nicht zu lachen und ich auch nicht.

„Naja, es geht. Anstrengend ist nicht das richtige Wort.“

„Haben dich meine ständigen Gefühlswechsel denn nie müde gemacht?“

„Ich hatte nie das Gefühl, dass es mich treffen könnte. Es gab nie einen Grund zu der Annahme. Aber nein, es hat mich nie gestört, dass du so bist. Ich habe dich so kennen gelernt. Du warst von Anfang an so und das gefiel mir. Ich konnte dich nicht einschätzen. Ich konnte dich nicht durchschauen und das hat mich neugierig gemacht. Alle Frauen, die ich kennen lerne sind entweder gleich in ihren Grundzügen oder uninteressant. Bei dir war das anders. Und außerdem mag ich schwierige Frauen, das ist mein Problem!“

„Du hast dich nie beschwert, dass ich so bin.“

„Wieso sollte ich. Mir gefiel es, ich war mehr als glücklich damit, eine besondere Freundin zu haben. Aber ich muss dich was fragen“

„Ja, frag!“

„Wieso reden wir darüber was ich so toll finde an dir?“

„Weil wir behindert sind!! Wir sitzen hier und reden über uns und was wir aneinander toll finden. Wir sind echt nicht normal. Ich…Ach ist egal“.

Für gewöhnlich machte sie sowas nicht. Das schätzte ich auch sehr an ihr. Wenn sie etwas zu sagen hatte, sagte sie es. Kein Zögern, kein Warten, kein drum herum reden. Sie sagte es einfach.

„Lass das. Was hast du zu sagen? Sag es einfach. Egal was du sagst, es wird die Situation nicht ändern.“

„Ich vermisse dich irgendwie. Die Kleinigkeiten und auch die großen Sachen.“

„Hmm“.

Ich konnte es in dem Moment nicht so ernst nehmen, wie sie es sich vielleicht wünschte.

„Ich vermisse es mit dir einzuschlafen, ich vermisse es mit dir zu sprechen. Ja sogar das hier jetzt vermisse ich. Dir gegenüber zu sitzen und mit dir den Verstand zu verlieren. Auch das vermisse ich.“

„Das alles ändert aber nichts.“

„Deine Nähe aus der Ferne wird mir fehlen.“

„Was meinst du?“

„Du warst mir immer so Nah. Vor allem, wenn du in Deutschland warst fühlte ich mich so nah zu dir, als ob du irgendwo in Istanbul lebst und wenn ich will zu dir könnte.“

„Ja, so fühlte es sich auch für mich an. Es hatte nie den Anschein, als ob du tausende Kilometer entfernet lebst. Wenn ich dich gebraucht habe warst du da.“

„In einem Moment bin ich verliebt und alles ist gut. Im anderen Moment fange ich an zu zweifeln.“

„Das tut jeder Mensch irgendwann während einer Beziehung, aber dann macht man sich Gedanken woran das liegen könnte. Und ob es nicht normal ist das nach sechs Monaten Höhenflug die Gefühle etwas weniger werden. Oder zumindest die Hochphase ein Ende nimmt. Aber du setzt dir in den Kopf, dass es nicht mehr geht und dann bleibst du dabei. Einmal in eine Richtung geschaut gibt es kein links oder rechts mehr für dich!“

„Ja, das wurde mir schon öfters gesagt“

„Kann da etwas dran sein?“

„Bestimmt. Aber ich möchte keine Beziehung, bei der die Gefühle abklingen. Ich habe gesehen was dann passiert.“

„Das sehe ich anders. So eine Beziehung gibt es nicht. Und das ist auch gut so“

„Naja, ich finde das gut so, wie ich bin.“

„Wenn du meinst.“

Die Kerze auf unserem Tisch ging aus während ich den Satz beendete. Das störte sie in gewisser Weise, weil sie ihre Zigaretten statt mit Streichhölzern, mit der Kerze anzündete. Sie hatte viele Besonderheiten, eine davon war, dass sie ihre Zigarette bis zur hälfte rauchte und dann mit ihren Zähnen die Minzekugel im Filter zerdrückte, um die letzte Hälfte mit Minzgeschmack zu rauchen. Sie tauschte die Kerze mit einer brennenden vom leeren Nachbartisch aus. So war sie, wenn ihr etwas nicht passte musste es sich sofort ändern, sonst entwickelte sich ein innerer Stress in ihr. Das war nicht weiter schlimm, aber in dem Moment als mir das klar wurde, dachte ich mir, dass es auch nicht sehr gesund ist, wenn man sich nicht mit einer Situation abfinden kann, falls sie nicht zu ändern ist.

„Musst du morgen eigentlich früh raus, halte ich dich vom Schlafen ab?“, wollte ich von ihr wissen, da die Theaterschule relativ früh anfing, seit sie die Assistenz übernommen hat.

„Nein, alles easy. Ich muss erst um 12 Uhr los“

„Ja dann. 2 Kaffee bitte. Americano, ohne Zucker, ohne Milch“, rief ich dem Kellner zu.

„Gute Idee!“

„Ich bin mal eben auf Toilette. Soll niemand sehen, dass ich weinen muss.“, scherze ich.

Als ich zurück kam, war sie hastig auf ihr Handy am tippen. Während ich mich hinsetzte, legte sie es auf dem Tisch ab und war wieder ganz bei mir.

„Das hat mir immer so sehr an dir gefallen, weißt du das eigentlich?“, fragte ich, obwohl ich genau wusste, dass ich es noch nie angesprochen hatte.

„Was denn?“

„Wenn ich dir etwas erzählt habe oder allgemein mit dir spreche hast du dich immer voll auf mich konzentriert. Du hast mir wirklich zugehört. Ich vermisse das so sehr bei Menschen, dass keiner mehr richtig zuhört. Ich merke es doch. Und dann verliere ich mein

Interesse. Aber du bist immer voll bei der Sache, du sitzt mit mir an einem Tisch und lässt dich voll auf mich ein. Fällt dir auf, dass das nicht mit jedem so ist?“

„Ich weiß was du meinst. Und ehrlich gesagt, wenn ich mit anderen bin, dann gehe ich alle paar Minuten an mein Handy. Das ist auch so ein Ding, was ich nur mit dir habe. Es gefällt mir einfach mit dir zu sein“

„Und trotzdem reicht es nicht aus?“

„Anscheinend…“

„Dann stellt sich für mich die Frage, was benötigt eine Beziehung, um bestehen zu können. Was noch?“

„Ich bin das Problem.“

„Das hatten wir schon geklärt. Wenn eine Beziehung endet, hat es nicht mit einer Person zu tun. Es sind immer zwei daran beteiligt. Und der Grund wieso man sich trennt betrifft beide, niemals einen von beiden“.

Die zwei Kaffee kamen. Der Kellner wollte die Zigarettenschachtel mitnehmen, die sie zuvor auseinander gepflückt hatte, aber sie war noch nicht bereit sich von ihrem Kunstwerk zu trennen, sodass sie den Kellner dazu aufforderte die Schachtel wieder zurück zu geben, mit den Worten: „Ich wollte die Schachtel noch etwas behalten. Bitte.“ Und streckte ihre Hand nach ihr aus.

Wir waren ziemlich glücklich über unseren Kaffee, schauten uns an und dachten an das Selbe.

„Kaffee trinken mit dir ist auch einer dieser Dinge.“, warf ich in den Raum ohne weiter drauf einzugehen.

„Das Gleiche habe ich mir gerade auch gedacht. Sowas wird mir fehlen, ich weiß das jetzt schon“

„Ich glaube, dass ich noch nie mit einem Menschen so viel geredet habe, wie mit dir“.

Sie streckte ihre Beine in meine Richtung aus. Ich saß allerdings leicht geneigt, mit einem Bein auf dem Anderen, sodass wir uns nicht direkt berührten, aber uns unweigerlich näher kamen. Es fühlte sich so an, als würde ich ihre Wärme spüren. Ich ließ mir nichts anmerken, aber war auch nicht sonderlich überrascht davon.

Es spielte Rest in Space von Islandman. Auf elektronische Musik hatte ich sie gebracht, als wir noch aus Freundschaft miteinander schrieben, vor knapp einem Jahr. Das war quasi unser Lied. Sie bemerkte es zuerst, da ich zu sehr in ihren Anblick bei Kerzenlicht vertieft war.

„Hörst du?“

Ich musste ein paar Sekunden überlegen was sie meinte, aber dann: „Rest in Space!“

„Jaaa. Wegen dir, kann ich keine elektronische Musik hören. Andere ertragen nach einer Trennung keine Liebeslieder und ich keine elektronische Musik. Ich bin schon seltsam.“

„Ich liebe dieses Lied. Und das Gefühl, welches es in mir auslöst“.

Rest in Space ist eine ganz besondere Platte. Ich schloß für gewöhnlich meine Augen, wenn ich es hörte. Es trug mich woanders hin. In eine unendliche Ferne und brachte mich sanft wieder zurück. Es gefiel uns, dass wir den gleichen Geschmack in fast jeder Hinsicht hatten. Oft sprachen wir über unsere erste gemeinsame Wohnung und merkten schnell, dass wir genau die selben Vorstellungen hatten. Das Wohnzimmer modern, minimalistisch, das Schlafzimmer alternativ, das Badezimmer mit Mosaiksteinen gefliest, die Küche rustikal, im besten Fall mit offen gelegten Mauerwerkssteinen. Selbst in puncto Kindererziehung waren wir uns immer einig. Frei von Einschränkungen, kein „Frag die Mama oder frag den Papa“. In einem Punkt freuten wir uns besonders, dass wir der selben Ansicht waren. Man solle einem Kind so selten wie möglich das Wort Nein an den Kopf werfen und stattdessen erklären wieso etwas nicht geht.

„Weißt du noch, als wir auf der Couch saßen und ich dir versuchte zu erklären, dass wir im Universum leben und das Universum in uns?“

„Natürlich kann ich mich daran erinnern. Es dauerte ungefähr eine Stunde bis du fertig warst!“

„Aber nur, weil mein Türkisch nicht gut ist und das Ganze eh schwer zu erklären ist. Und trotzdem hast du mir eine Stunde lang zugehört, ohne genervt zu sein. Du bist echt nicht normal!“

„Ich hätte dir die ganze Nacht zugehört. Das würde ich immer noch.“

„Und trotzdem hat es nicht geklappt. Wenn nicht wir beide, mit wem dann?!“

„Wir machen einen Deal. Wenn wir bis 35 niemanden gefunden haben, machen wir zumindest ein Kind. Weil unser Kind wäre echt ultra schön. Überleg mal. Das sind wir der Welt schuldig."

In diesem Punkt würde uns die ganze Welt recht geben. Sie ist dunkelblond, lockiges Haar, grüne Augen, helle Haut. Ich schwarzes, lockiges Haar, hellbraune Augen und für einen türkischen Mann ein eher europäisches Gesicht. Wir sind beide groß und habe eine gute Figur. Es könnte einen schlimmer treffen als Kind.

„Nein, den Deal machst du mit dir selber aus. Ich will sowas nicht“

„Ich habe eigentlich alles in Gang gebracht was uns angeht merke ich gerade“.

Das war natürlich nicht so. Deshalb lachten wir beide ausgiebig, aber ich spielte mit.

„Ja stimmt, ich wollte dich letzte Woche nicht umarmen zum Abschied oder?“

„Nein, wir standen da auf der Straße. Ich umarmte dich und deine Arme blieben an deinem Körper kleben. Was die Menschen sich wohl gedacht haben. Aber am Ende hast du mich auch kurz umarmt. Nicht wie normalerweise, aber das konnte auch niemand von dir verlangen.“

„Oder der erste Abend an dem ich aus Deutschland kam und wir uns trafen. Damals als wir zusammen kamen meine ich!“

„Stimmt!!!“, entgegnete sie mir und gab mir keine Chance meinen Gedanken zu Ende zu bringen. Immerhin sprach sie genau das aus, woran ich dachte: „Ich lud mich selbst zu dir ein. Ich war aber echt betrunken.“

„Von 2 Cocktails?“

„Ja, weil ich mich an dem Abend in dich verliebt hatte. Das war kein normales betrunken sein.“

„Wir gingen also zu mir. Und kannst dich noch dran erinnern was dann passierte?“

„Natürlich kann ich das. Ich legte mich in dein Bett ohne zu fragen. Du wolltest mir etwas anderes zum Anziehen geben, aber ich lehnte ab. Ich war zu müde und überwältigt von meinen Gefühlen. Du gingst ins Bad, um deine Kontaktlinsen raus zu nehmen und dir die Zähne zu putzen. Selbst das habe ich nicht geschafft. Hast du dich nicht vor mir geekelt? Naja egal, du hast dich dann zu mir gelegt, umarmtest mich und wir schliefen ein.“

„Erinnerst du dich wie wir aufwachten?“

„Ja, genau in der Position wie wir eingeschlafen sind. Du lagst hinter mir und hattest mich fest umarmt“

„Seltsam oder?“

„Was?“

„Dass ich dich, die ganze Nacht nicht los gelassen habe. Ich wurde nicht einmal wach und du kennst meine Schlafprobleme.“

„Ich wurde ein paar Mal kurz wach. Du hattest mich echt nicht ein einziges Mal los gelassen. Und ich war der glücklichste Mensch, jedes Mal wenn ich die Augen öffnete und deine Arme um mich geschlungen waren.“

„Ich habe keinen einzigen Abend Probleme gehabt mit dem Einschlafen, als wir zusammen waren.“

„Ich konnte neben dir auch immer sofort einschlafen. Alleine liege ich hin und wieder bis 1-2 Uhr wach.“

„Unsere Trennung ist nicht normal. Für mich macht es keinen Sinn.“

„Nein, normal ist es echt nicht. Aber nicht alles hat einen Sinn“

„Ich dachte wir schon.“

„Dachte ich auch. Ehrlich. Ich war überzeugt davon.“

„Es ist das erste Mal, dass ich mich einer Person geöffnet habe. Du musstest nichts sagen, musstest mich zu nichts drängen. Ich tat es einfach. Es fühlte sich richtig an, mit dir mein Leben, meine Gedanken zu teilen.“

„Aber das kannst du jetzt auch mit deinen Freunden, oder nicht?“

„Quatsch. Das hat nichts mit meinen Freunden zu tun. Ich mag die schon. Aber wenn ich nicht das Gefühl habe, etwas erzählen zu wollen, dann lasse ich es. Und das ist Meistens der Fall. Eigentlich, bin ich das Gegenteil von dir."

„Eine Freundin hat letztens was sehr richtiges gesagt. Sie meinte, dass ich nichts für mich behalten kann. Und das stimmt. Ich teile alles, sofort mit jedem der um mich herum ist. Ich denke das ist nicht gut. Ich muss versuchen auch Mal was für mich zu behalten."

„Unsere Mitte wäre perfekt oder?"

„Wahrscheinlich…"

„Unsere Kindern hätten es echt gut gehabt. Außer das Aussehen, wären sie wahrscheinlich coole Menschen geworden"

„Bestimmt. Ich sag doch, mit 35 Jahren machen wir eins"

„Das sagst du. Jetzt gibt es kein uns mehr. Niemandem dem ich morgens schreiben werde. Daran muss ich erst gewöhnen. Die Woche war nicht wirklich berauschend"

„Wie ging es dir denn die Woche, hattest du gutes Essen?"

Das fragte sie, weil unsere Pläne für die 10 Tage Istanbul zu 50 % aus Essen gehen bestand.

„Ich wollte alleine sein. Die ersten 2 Tage ging ich nur raus, um zu essen. Zum Glück gab es genug Läden in der Nähe, sodass ich nicht weit weg musste von der Wohnung. Jederzeit konnte eine Lawine voller Trauer bei mir ausgelöst werden hatte ich das Gefühl. Es war gut alleine zu sein, die Trauer zu spüren und mit niemandem teilen zu müssen, außer mit mir."

„Haben dich unsere Freunde nicht angeschrieben nachdem wir uns getrennt haben?"

„Doch doch. Sofort am gleichen Abend noch. Habt ihr euch nicht danach getroffen?“

„Ja, ich bin kurz zu den Mädels. Hab ihnen erzählt, dass wir uns getrennt haben und bin dann weiter nach Hause.“

„Danach hat mich Özge angeschrieben. Ömer auch. Natürlich wollten alle bei mir sein. Aber ich habe jedem, der mir an den Tagen danach geschrieben hat geantwortet, dass ich alleine sein möchte. Ich musste alleine sein. Ich finde nicht, dass ich meinen Schmerz über den Verlust ausreichend in Worte fassen kann, auch jetzt nicht, sodass deren Anwesenheit mich nur daran gehindert hätte ihn zuzulassen. Die hätten versucht mich zu belustigen, mit mir zu trinken, Drogen zu nehmen und auf andere Gedanke zu kommen. Das wollte ich aber nicht. Ich habe den Gedanken zugelassen, mich mit dem Schmerz versöhnt und ihn versucht hinter mir zu lassen. Verstehst du?“

„Und hast du es geschafft, den Schmerz hinter dir zu lassen?“

Ich schüttelte den Kopf.

„Ich habe den Schmerz und den Verlust realisiert. Aber so lange ich dem keinen Sinn geben kann, weiß ich nicht ob ich ihn hinter mir lassen kann.“

„Ich richte nur Schaden an. Merkst du das?“

„Nein, den Schaden hatte ich schon vorher. Genau wie du. Wir sitzen uns gerade gegenüber und du siehst, dass ich klar komme. Ich bin nicht verzweifelt, ich habe nur die wichtigste Person in meinem Leben verloren. Damit muss ich erst noch klar kommen.“

„Ich auch. Obwohl ich es war, die die Trennung wollte, fällt mir das alles schwer. Ich kann all dem genau so wenig Sinn wie du gegeben. Es tut mir Leid, dass es so gelaufen ist!“

„Was soll denn der Scheiß bedeuten?", fragte ich mich und sie.

„Keine Ahnung. Ich wollte es gesagt haben."

„Das ist genau wie deine Entschuldigung von letzter Woche. Sinnlos!"

„Wie kamst du die ersten Tage denn klar?"

„Nicht gut. Echt nicht gut. Ich spürte eine Art von Leere, die ich zuvor noch nie hatte. Ich versuchte einen Film zu schauen, aber blickte durch den Laptop hindurch. Das alles war irgendwie unwirklich. Nicht fassbar, weil es unerwartet kam. Du glaubst gar nicht, was mir die Woche bevor ich nach Istanbul kam alles durch den Kopf ging. 1-2 Wochen vorher habe ich gemerkt, das irgendwas nicht stimmt."

„Muss man wirklich allem einen Sinn geben?"

„Nein. Aber gibt es irgendwas was dich an mich gestört hat. Es würde die ganze Sache dermaßen erleichtern für mich, wenn ich wüsste, dass es da etwas gibt was dich stört!"

„Nein, wie gesagt, du bist der ideale Partner für mich, aber..."

„Was...aber was?"

„Aber Gefühle kann man nicht steuern. Sie sind halt da oder nicht!"

„Und die sind jetzt weg? Innerhalb von 2 Wochen?"

„Nicht weg. Nur nicht mehr so stark wie vorher. Wenn ich es in Zahlen fassen müsste so um die..."

Ich unterbrach sie.

„Das bringt nichts. Es geht nicht um prozentuale Einschätzungen. Es stimmt, was du über Gefühle sagst. Da hat man keinen Einfluss drauf. Aber so plötzlich?!"

„Vielleicht hat es sich entwickelt“

„Vielleicht?“

„Keine Ahnung. Kann auch auf einmal passiert sein.“

„Und dir fällt kein Auslöser dafür ein?“

„Nein.“

Wir schauten uns in die Augen, ohne etwas zu sagen. Die Vertrautheit war augenblicklich wieder präsent. Wir sagten kein Wort, aber dachten das Gleiche. Mir wurde klar, dass ich einem Teil von mir lebe Wohl sagen werde heute. Ein Moment für die Ewigkeit.

„Wirst du im Winter kommen?“, wollte sie von mir wissen.

„Natürlich, ein oder zwei Mal komme ich noch, bis zum Ende des Jahres.“

„Dann kannst du mein Theaterspiel dir anschauen. Wir werden ab November aufführen“.

Sie spielte die Rolle der Lady MacBeth, in einem 10 minütigen Monolog, bei dem sie am Ende den Verstand verliert. Ganz sie selbst.

„Ich weiß nicht. Kann nicht einschätzen, in wie Weit ich dich dann noch sehen will oder kann.“

„Hast du mich deshalb auf Instagram entfolgt?“

„Ja. Einen Abend hast du ein Bild von dir, in deiner Story geteilt. Ich konnte nicht hingucken. Aber auch nicht weg. Irgendwie musste ich mich von dir los lösen.“

„Habe ich mir schon gedacht. Als ich das bemerkte habe schmiss ich mein Handy in die Ecke und habe laut „Richtig so“ geschrien. Meine

Freundin dachte ich drehe durch. Hättest mal sehen müssen, wie sie mich angeschaut hat“

„Kann ich mir vorstellen“

„Ich bin durch. Komm sei ehrlich, ich bin kaputt!“

„Natürlich bist du das. Aber das wissen wir nicht seit heute. Wenn du nicht so wärst, was bliebe dann noch von deiner Persönlichkeit?!“

Das lockerte die Stimmung auf und wir amüsierten uns wieder über unsere Situation. Sie spielte mit dem Gedanken, dass wir mit 35 Kinder machen und ich sprach Rituale aus, dass sie nie wieder eine Beziehung haben soll. Es ist schön sie lachen zu sehen, dachte ich mir. Ich wollte nicht bedrückt nach Hause gehen und sie nicht mit einem Gefühl der Schuld in der Türkei zurück lassen.

„Du wolltest dich mit mir treffen, um über mich zu sprechen. Das war deine Absicht, oder?“

„Klar. Worüber sonst. Ich wollte das nach holen, was ich die letzten Monate nie geschafft habe.“

„Unglaublich. Du bist unglaublich.“

„Keine Ahnung, was das bedeuten soll. Aber so langsam hinterfrage ich nicht mehr alles, was mit dir zu tun“

„Ich habe mich von dir getrennt, mit einer schwammigen Erklärung, wenn wir ehrlich sind. Ich hab dich damit voll vor den Kopf gestossen. Und du triffst dich eine Woche später mit mir, um mir das alles zu sagen, was du gesagt hast. Ich habe mit was anderem gerechnet.“

„Das kann ich mir vorstellen.“

„Sollen wir so langsam?“

„Ja, das war anstrengend mit dir heute“.

Ich zahlte die Rechnung, wir gingen raus und ich lief voran, drehte mich um und sah wie sie am Bürgersteig vor dem Café stehen blieb. Sie ging nicht weiter.

„Was ist, wir laufen doch den selben Weg hoch?!"

„Genau hier, wo ich jetzt stehe haben wir uns vor knapp einem Jahr das erste Mal wieder gesehen", sagte sie und verfiel in das damalige Wiedersehen.

„So stand ich hier, habe dich genau hier umarmt", sie lachte dabei, breitete ihre Arme aus und tat so, als ob ich vor ihr stehen würde.

Ich erinnerte mich daran und spürte die Freude, die mir damals durch den Körper schoss. Ich konnte die Situation nicht weiter ertragen und machte eine Handbewegung, die signalisieren sollte, dass sie weiter laufen soll. Sie sah mir an, was ich fühlte und ging weiter.

„Von wo aus nimmst du ein Taxi?", wollte ich wissen.

„Vom Taksim-Platz, ich will etwas Musik hören bis dahin."

„Gut, dann laufe ich bis zur Ecke, an der Hauptstraße mit und gehe von dort aus nach Hause"

„Okay".

Wir liefen durch Cihangir´s Straßen, meinem Lieblingsviertel in Istanbul und ich zeigte ihr eine Cocktailbar, in der ich sie treffen wollte.

„Guck da vorne. Ins Geyik wollte ich eigentlich mit dir."

„Seltsam, dass es uns trotzdem ins 21 gezogen hat, oder?"

„Schon" antwortete ich ohne zu zögern „Aber an seltsam habe ich mich bereits gewohnt", und deutete mit dem Finger zuerst auf sie und dann auf mich.

Sie blieb stehen, schaute mich mit hren großen, dunkel-grünen Augen an und lachte etwas verzweifelt, wie des Öfteren heute Abend.

Wir gingen weiter.

„Hast dir neue Schuhe gekauft?“, fragte sie mich.

„Ja“

„Ich halte es nicht aus weiße Sneaker sauber zu sehen, das weißt du!“

„Wehe“, warnte ich sie, da ich genau wusste was sie vor hat. Sie hielt ihren Fuß über meinem. Ich wünschte mir aus tiefstem Herzen, dass sie auf meine sauberen, schneeweißen Schuhe drauf treten würde.

„Naja, ich lasse dir deine Schuhe.“

„Danke…“

Wir bogen auf die Hauptstraße ab. Den Berg hoch, ca. 200 Meter und wir würden an der Ecke ankommen, an der sich unsere Wege trennen.

200 Meter, auf denen bei weitem nicht alles gesagt werden kann.

200 Meter, die ich das letzte Mal mit ihr teilen werde.

Wir hörten auf zu sprechen. Auch sie wusste, dass ich gleich abbiegen werde.

„Du musst da vorne rechts, oder?“, fragte sie.

„Ja genau“.

Wir blieben stehen. Gegenüber war ein Börek-laden. Wo wir standen hatte das Geschäft geschlossen. Es war Montag früh ca. 1 Uhr und die Straßen waren noch immer relativ voll. So wie es in Istanbul eigentlich immer ist. Volle Straßen, leere Menschen.

Wir wussten beide, dass es jetzt ein für alle Mal zu Ende gehen wird. Ich werde zurück nach Deutschland fliegen und sie wird hier bleiben. Es wird nicht mehr möglich sein, ein spontanes Wiedersehen zu arrangieren. Wir werden nicht mehr miteinander schreiben, wir werden getrennte Wege gehen. Ich schaute sie an, sie blickte auf den Boden. Eine gewissen Distanz hatte sich zwischen uns aufgebaut, ohne das ich es bemerkte.

Als sie sah, dass ich zurück ging schaute sie hoch zu mir und fragte mich: „Wirst du mich umarmen?“

Ich machte noch einen Schritt zurück, ohne etwas zu sagen.

„Ich weiß nicht. Es ist nicht so, dass ich nicht will. Ich will mich allgemein nicht verabschieden. Wir werden uns nie wieder sehen. Kannst du dir das vorstellen?“

„Sag sowas nicht“

„Aber es ist so!“

Unbemerkt machten meine Beine zwei Schritte in ihre Richtung. Sie blieb stehen.

„Nein, wieso sollten wir uns nicht mehr sehen, sag das nicht!“

„Weil wir nicht mehr wir sind, sondern du und ich“.

Sie blickte hinunter, meine Arme umschlossen ihren gesamten Körper und sie tat das Selbe. Sie legte ihren Kopf seitlich auf meine Brust und für eine Weile, war alles wieder in Ordnung. Wir bewegten uns nicht. Ich spürte ihren Herzschlag. Oder war das meiner, ich war mir nicht sicher. Das musste ich aber auch nicht sein. Es gab keine Grund jetzt los zu lassen. Meine Hände bewegten sich in Richtung ihres Gesichts und als wären wir synchronisiert miteinander tat sie das Gleiche.

Wir blickten uns in die Augen und mussten beide schmunzeln.

„Wieso machen wir beide genau das Selbe?“, fragte sie sich und mich.

„Es gibt nicht für alles eine Erklärung, hat mal eine schlaue Frau gesagt.“

Wir umarmten uns wieder. Ihre Umarmung ist die sanfteste und gleichzeitig fesselndste, die ich jemals spürte. Ich küsste ihre Wange und umarmte sie weiter.

Dann ließen wir voneinander ab. Ich hatte mein Hände an ihren Hüften und sie glitt mir über mein T-Shirt mit den Worten: „Pass bitte auf dich auf“

„Und du auf das hier“, ich deutete auf ihr Herz „Es ist das Schönste, was ich jemals sah“.

Ihre Hände auf meiner Brust und meine an ihren Hüften schauten wir uns eine Weile lang an.

„Du siehst mich gar nicht, wegen meinen Locken“, sagte sie.

„Ich muss dich nicht sehen. Du bist doch bei mir. Ich kann dich umarmen, dich küssen.“

„Jetzt hast du mich auch noch auf öffentlicher Straße mitten in Istanbul geküsst.“

„Das hätten wir auch von der Liste gestrichen.“, sagte ich und zog sie sanft an mich. Ich nahm ihr Gesicht in meine Hand und küsste sie. Sie erwiderte nicht, aber ich küsste sie noch ein weiteres Mal. Wir umarmten uns wieder.

„So können wir nicht gehen. Ich kann dich so nicht gehen lassen!“, sagte sie.

„Es kann nicht alles immer schön sein. Ich würde dich am Liebsten die ganze Nacht festhalten, noch ein Mal mit dir einschlafen, das letzte Mal mit dir zusammen sein.“

„Das geht aber nicht.“

„Ändert aber nichts an dem was ich will!“

Wir ließen einander ab und dachten wir wären beide bereit zu gehen.

Diesmal war ich es der seine Arme ein letztes Mal ausbreitete. Sie kam zu mir. Ich flüsterte ihr ins Ohr: „Ich werde dich jetzt ein letztes Mal umarmen, dann werde ich küssen und dann drehe ich mich um und gehe.“

„Ja, okay. Das ist gut…“

Ich umarmte sie und sie mich. Ich drückte sie so fest an mich, dass ich die Befürchtung hatte ihr Weh zu tun. Ich lockerte meinen Griff. Wir umarmten uns noch eine Weile.

„Ich werde dich so sehr vermissen. Alles an dir. Sogar das hier. Ich bin immer an deiner Seite, das weißt du“, flüsterte ich.

„Ich dich auch. Ich werde dich immer vermissen. Ich vermisse dich jetzt schon“.

Ich legte meine Hände auf ihre Wangen und küsste sie, so sanft wie noch nie. Sie küsste mich zurück und ich ließ von ihr ab. Der perfekte Moment zu gehen.

Ich drehte mich um und schaute nicht mehr zurück. Es war geschehen. Wir gingen unsere Wege, aber irgendwas blieb. Irgendetwas wollte, heute Nacht noch nicht gehen. Trotzdem schaute ich nicht zurück, ich lief weiter und weiter. Den Berg hinunter, den wir vor wenigen Minuten noch zusammen hinauf liefen.

Ein Gefühl der Euphorie und der absoluten Leere machten sich gleichzeitig in mir breit.

Es war wunderschön was diese Nacht passiert ist. Unser Ende ist der Beginn von etwas Anderem. Wovon auch immer das sein mag. Es gab keinen Grund in Selbstmitleid zu versenken, dachte ich mir. Ich lief weiter, überwältigt von Gedanken und Gefühlen. Ich war losgelöst von irdischen Ängsten, bemerkte fast gar nicht, wie ich mich meiner Wohnung näherte oder darauf der Straße gegenüber eine Schlägerei sich anbahnte. Ich schaute hoch in den Istanbuler Nachthimmel. Es war nichts zu sehen, kein einziger Stern am wolkenlosem Nachthimmel zeigte sich mir.

Und auf einmal übernahm das Leid, was ich vorhin erfahren musste die Überhand. Es erdrückte mich, es schlug mir zuerst auf die Kehle und dann in den Magen. Mein Körper verspürte den Schmerz des Verlustes, aber mein Geist wusste, dass ich sie nicht gehen lassen werde. Dieser Zweikampf in meinem Körper drückte mich zu Boden, ich konnte mich kaum noch halten. Und genau in dem Moment als es mir zu viel wurde, kam aus einer Gasse zu meiner Linken eine Katze, blieb einen Meter vor mir stehen und schaute mich an. Ich ging nicht weiter. Die Katze schmiegte sich an mein Bein. Erst an das Linke und dann an das Rechte. In dem Moment, in dem ich keine Liebe mehr in mir verspüren konnte, verlangte diese Katze das Unmögliche von mir. Ich bückte mich zu ihr und streichelte sie. Ich musste grinsen, wie nach dem ersten Mal, als ich sie küsste. Die Katze warf sich auf mein Fuß, rollte von der einen auf die andere Seite. Es war Zeit los zu lassen. Ich streichelte die Katze über den Kopf, bedankte mich bei mir und ging meinen Weg.

Kendine iyi bak Helin.

# Verlust

Es war nicht der Moment, als ich die Nachricht des Verlustes mitgeteilt bekam, die mich zu Boden warf. Die schlimmste Phase ist der Beginn, wenn etwas schönes aufhört, schön zu sein. Der Moment als ich merkte „hier stimmt etwas nicht“ und in meinem Bauch einige leichte Schläge vernahm, die mich nicht als zu schwer trafen, mir aber den Appetit raubten, meine Körpertemperatur anstiegen ließ, leichtes kribbeln verursachte und ein mulmiges Gefühl In der Magengegend hinterließ. Ein wenig wie Schmetterlinge im Bauch, nur das die Schmetterlinge sich zurück entwickelt haben in kleine, schleimige Raupen.

Ein schmerzhafter Prozess wurde in mir angestoßen. Ein zudem, unaufhaltsamer Prozess. Es machte sich eine erdrückende Last in meinem Kopf breit. Als hätte jemand mein Gehirn mit etwas lehmartigen aufgefüllt und es sich jetzt seinen Weg durch mein Gehirn bahnt um mich daran zu hindern klare, strukturierte Gedanken zu fassen. Somit wurden meine Gedanken immer sprunghafter. Was habe ich getan, was habe ich nicht getan, wieso tut sie mir das an, liebt sie mich noch, wie konnte es dazu kommen und plötzlich fragte ich mich, wozu der ganze Scheiß?

Das Unausgesprochene hat eine magische Wirkung auf den Menschen. Es spielt mit dir, lässt dich Vermutungen anstellen, sie verwerfen, optimieren, wieder verwerfen und so weiter. Es spielte keine Rolle was mir durch den Kopf ging, dieser Tag brachte mir die Erkenntnis, dass es zu Ende gehen wird. Am Tag war es allerdings nur halb so schlimm wie die darauf folgende Nacht. Der Versuch einzuschlafen erwies sich mehr als schwierig. Ich lag im Bett, alles um mich herum war still. So still war es sonst nie dachte ich mir. Kein Auto, keine Nachbarn, kein Wind. Nur ich und mein Gedankengebäude, dessen Fundament am Tag gegossen wurde und in der Nacht erhärtete.

Allmählich bekam ich Kopfschmerzen von ungewollten Gedankenausschweifungen und stoßartigem Herzrasen. Die Zeit verging mal schnell, mal lief sie rückwärts und einmal, für einen kurzen Moment fühlte sich die Zeit an wie ein Bleistiftanspitzer. Je stiller die Nacht, desto lauter die Gedanken.

Das war der Anfang und damit auch das Ende.

Ich entschied mich noch einen Tag abzuwarten bevor ich es anspreche. Und dann wartete ich einen weiteren Tag ab, noch einen, noch einen, noch einen und....

Das flaue Gefühl im Magen wurde zum Dauerzustand und ich gewöhnte mich daran. Meine Gedanke kreisten nur noch um eine Frage. Eine Frage die ich stellen musste, dessen Antwort ich aber fühlen konnte und deshalb...ja deshalb hielt ich die Schnauze und hoffte darauf, dass es nur eine Phase ist, die bald wieder vorbei ging. Jämmerlich.

Die Hoffnung stirbt nicht zuletzt. Die Hoffnung starb ganz am Anfang, in der Nacht als das Gefühl zu meinem ständigen Begleiter wurde.

Ganz am Ende starb etwas anderes in mir, meine Furcht vor dem Verlust.

## Dein Vermächtnis

Eine Frau küsst mich, aber ich fühle nichts, außer Haut an Haut, Lippe an Lippe und Feuchtigkeit. Sie öffnet ihren Mund, will das ich meine Zunge zum Einsatz bringe, aber ich bleibe unbeeindruckt und denke an sie.

Wir küssen uns.

Eigentlich küsst sie mich und ich mache mit. Sie küsst mich und ich bin stiller Beobachter. Ich glaube es gefällt ihr, aber ich bin nicht da. Mein Kopf ist bei ihr. Bei einer anderen Frau. Sie ist es was ich will, was ich hatte und verlor. Das erste mal in meinem Leben fühlte ich den Schmerz vom Verlust. Es verfolgt mich wie Motten das Licht. Es lässt mich nicht los. Sie erscheint vor mir sobald ich die Augen schließe. Es tut weh. Es tut weh zu wissen, dass ich versagte. Das wir, nicht mehr wir sind, sondern sie und ich. Es gibt Momente in denen ist schlimmer ist, als der Tag an dem wir uns trennten. Doch dann fange ich mich wieder, ich atme tief durch und komme wieder klar.

Das Gefühl, dass unmittelbar nach dem Weinen auftritt ist kaum zu beschreiben. Ich weine fast täglich und fühle mich ertappt von mir selber. Ich weine um der Vergangenheit Willen, ich weine weil es mich erleichtert, ich weine weil es sein muss. Das Spiel geht so, ich weine, warum auch immer und sobald ich mich gefangen habe, mal nach 5 Minuten, mal nach 30 Minuten fühle ich jedes Mal das Selbe. Freiheit. Für einen kurzen Moment, jeder kennt das, fühlt man sich frei nach der Heulerei. Frei von Sorgen, von Ängsten und von ihr. Ich bin frei, solange ich weine. Höre ich auf fange ich an zu denken. An sie, an mich, an uns.

## Alles wird gut in der Nacht

Schlaflosigkeit ist es, was die Nacht zur Nacht macht. Ein guter Schlaf, ist nur die Erholung vom Tag.

Um 2 Uhr morgens wach im Bett zu liegen, obwohl ich um 23 Uhr schlafen wollte, das macht die Nacht zu dem was es ist. Ich und meine Gedanken, gefangen im Dunkeln, abseits von äußeren Einflüssen.

Ab und zu fährt ein Auto vorbei. Hin und wieder höre ich den Wind.

Ich habe mich meinen Gedanken ergeben, sie nehmen Überhand zu so früher Stunde und springen von rechts nach links, von unten nach oben. Stopp, da ist es wieder. Dieser eine Gedanke, der mich jede Nacht quält. Ich drehe mich nach links und dann auf den Bauch.

Der Gedanke ist immer noch da. „Morgen geht alles wieder von vorne los!“

Der selbe Tag, die gleichen Menschen, das identische Tun. Es erdrückt mich während ich daran denke. Um 6 Uhr wird der Wecker klingeln. Ich stehe auf, hole mir ein Glas Wasser und setze es auf meinem Nachttisch ab.

Ich deaktiviere den morgendlichen Weckruf, schließe die Augen und schlafe ein.

## Unbenannt

Kein Bock.

Auf euch, auf eure Gespräche, auf euer Dasein.

Ihr spielt mir was vor.

Aber viel schlimmer noch, ihr spielt euch was vor.

Das Leben ist zu kurz für euren Scheiß.

Es brannte mal in meinem Herzen.

Heute schweigt es vor sich hin.

Weder redet es mit mir, noch hört es mir zu.

Meine Liebe erlischt und mein Herz verstaubt.

Und ihr seid Schuld.

## Schatten

Die Trauer ist allgegenwärtig. Sie begleitet mich, wie ein treuer Hund. Sie weicht nicht von meiner Seite, hat immer eine schützende Hand über meinem Haupt. Im glücklichsten Moment ist sie da, gleich hinter mir, stärkt mir den Rücken und gibt die Gewissheit, dass es wieder vorbei gehen wird.

Glück ist sehr schnelllebig. Wie ein fahrendes Auto, huscht es an einem vorbei und ehe man es bemerkt, ist es wieder verschwunden und zurück bleibt, nur der Geruch von Abgasen.

Die Trauer ist anders. Ganz anders! Sie schleicht umher, bedrohlich wie ein Spanner beobachtet sie dich und schlägt in deinem schwächsten Moment zu. Erst tut es nicht weh. Der Schmerz, ist die Hinterlassenschaft der Trauer, die zum Teil des Lebens wird und innere Narben verursacht, die weder geheilt noch vergessen werden können.

Ich kann nicht mit ihr, aber noch schlimmer ist es ohne sie.

# Leben

„Mein Freund. Wie kann ich sterben?!“

„Was meinst du?“

„Wie soll ich sterben? Wie?“

„So, wie jeder Andere auch. Du wirst alt, deine Energie geht verloren, dann wirst du krank und irgendwann, früher oder später stirbst du.“

„Und wenn ich jetzt sterben würde? Wäre ich dann Tod?“

„Wieso solltest du dann nicht Tod sein?“

„Weil ich nicht alt, müde, kraftlos und krank bin. Wäre ich trotzdem Tod, wenn ich jetzt sterbe?“

„Du würdest nicht mehr Leben. Das heißt, so weit ich weiß, dass du Tod wärst. Also ja!“

„Und wenn ich 100 Jahre alt werde, aber nie gelebt habe und dann sterbe. Wäre ich trotzdem Tod?“

„Du bist heute echt merkwürdig. Man ist immer Tod, wenn man stirbt!“

„Aber die Seele!“

„Was ist damit? Was ist mit der Seele?!“

„Sie stirbt nicht, wenn man nie gelebt hat.“

„Was erzählst du da?!“

„Solch eine Seele bleibt für immer hier. Oder sie schwebt, durch das luftleere Universum.“

„Du machst mich ganz nervös.“

„Wir beide, wir können nicht sterben. Nur Tod sein können wir. Unser Herz kann aufhören zu schlagen, unsere Organe können Versagen und das Leben in unseren Körper kann zum Ende kommen, aber sterben würden wir nicht. Das wäre zu viel verlangt vom Leben. Das steht uns beiden nicht zu, mein lieber Freund!“

# Letztes Mal

Und, wenn wir uns irgendwann wieder sehen?

Und, wenn dann alles anders ist, als wir uns gewünscht haben?

Und, wenn dann alles genau so ist, wie wir es in Erinnerung haben?

Und, wenn wir uns irgendwann wieder sehen?

Und, wenn dann jemand anderes da ist, wo ich war?

Und, wenn dann jemand anderes da ist, wo du warst?

Und, wenn wir uns umdrehen, uns an alles erinnern, uns nach dem Alten sehnen?

Und, wenn wir uns ein letztes Mal berühren könnten?

Würden wir?

Ein letztes Mal. Nur ein einziges Mal.

Und, wenn wir uns danach nie wieder sehen würden?

Und, wenn wir uns ein irgendwann, ein letztes Mal wieder sehen?

# Tot sein

Muss man sterben, um gelebt zu haben?

Oder lebt man, um zu sterben?

Und wer behauptet, dass es nicht wieder passieren kann?

Das Leben, der Tod.

Der Tod, das Leben.

Was ein Mal passiert, kann durchaus ein weiteres Mal passieren. Genau so verhält es sich mit Leben und Tod.

Vor einigen Jahren, im Ferienort unserer Familie, habe ich den ältesten in unserem Kreise gefragt, ob er Angst vor dem Tod hätte.

„Angst habe ich keine. Dieses Mal nicht, mein Junge."

Je stärker der Gegenwind, desto höher fliegt man

Printed by Books on Demand GmbH, Norderstedt / Germany